大唐才子

有点忙

冷锅

著

华龄出版社
HUALING PRESS

图书在版编目（CIP）数据

大唐才子有点忙 / 冷锅著 . -- 北京 : 华龄出版社，
2025. 6. -- ISBN 978-7-5169-2968-1

Ⅰ. I207.227.42-49

中国国家版本馆 CIP 数据核字第 2025VD0650 号

| 策划编辑 | 刘轶涵 | | 责任印刷 | 李末圻 |
| 责任编辑 | 高志红 | | 内文印制 | 刘龄蔓 |

书　　名	大唐才子有点忙		作　　者	冷锅
出　　版	华龄出版社 HUALING PRESS			
发　　行				
社　　址	北京市东城区安定门外大街甲 57 号		邮　　编	100011
发　　行	（010）58122255		传　　真	（010）84049572
承　　印	文畅阁印刷有限公司			
版　　次	2025 年 6 月第 1 版		印　　次	2025 年 6 月第 1 次印刷
规　　格	889 mmX1194 mm		开　　本	1/32
印　　张	9		字　　数	185 千字
书　　号	ISBN 978-7-5169-2968-1			
定　　价	69.80 元			

导 言

　　大唐以其豪横的气质傲视于天下，成为当时世界上最繁华的王朝。唐朝有着包容一切的大度，有着海纳百川的胸怀，有着不惧风雨的自信，它的大门随时向各国开放，它的文化随时让大家学习。唐诗闪耀古今，文化名扬世界，军事震动内外。但是，这一切繁荣昌盛、风光无限的背后，是无数人的勤奋与忙碌。

　　隋唐以前，没有科举考试制度，人才的选拔只能靠官员们的推荐。从东汉末期开始，推荐人才的权力逐渐掌握在了地方和中央大家族们的手中，他们世代为官，相互举荐，今天商量好了你选我家儿子，明天计划好了我推你家孙子，人才推荐成了贵族圈子内的独角戏。这些家族长期盘踞在各个地方，有钱有权有地还有人，逐渐形成了一个个的名门望族。

在那时，豪门望族的人始终位居高位，掌握了人才推举权与评价权，他们的门生故吏又遍布天下，形成了一张牢不可破的关系网。只要"你家爸是豪门"，傻子都能混，你可以优先挑选权力大、待遇好的官职。这些世代为官的家族以门阀自称，形成了特殊的权力集团，叫作"士族"或"世族"。门第较低、家世不显的家族则被称为"寒门"或"庶族"，就算拥有土地与财产，即使拥有才艺和美德，也只能处于鄙视链的底端，永远别想挤进权力的中心。而那些连寒门都称不上的普通百姓就属于臭鞋垫，终生被人踩在脚下。

没有考试，文人们很苦闷，拿着文凭，却找不到任何就业机会，那我读书干吗？皇帝们也很郁闷，坐着龙椅，却要听豪门大族的话，那我当皇帝干吗？到了两晋时期，贵族们不需要努力就能身居高位，直接躺平；中下层文人就算努力也没用，被动躺平；皇帝发现没人听他的话，也参与躺平。两晋成了人人躺平、死水一潭的王朝。

这样的朝代又怎能有活力呢？又怎能长久呢？人才们很压抑，内心在呼喊，皇帝们也在探索。

于是，神奇的科举考试出现了。不论出身，不论背景，只论才华。贵族子弟、普通百姓站在了同一起跑线上。考上了，皇帝有赏；考不上，也有希望。只要坚持，拼命刷题，总有飞龙升天之时。身处中下层的文人们终于看到了清晨的一缕阳光，长久的压抑情绪尽情宣泄在考场。即便屡战屡败，也会屡败屡战，因为这是在贵族垄断政权的情形下，底层人翻身的唯一希望。各路人马齐上阵，公平竞争战考场。皇帝们笑了，嘿嘿，我就站在背后静静地看着你们。贵族不配合，下岗待就业；百姓肯读书，翻身做贵族。考上的人都对我一个人感恩戴德，你们都是我的人，这样做帝王，才能够有飞一般的感觉。

所以，底层文人拼命读书，拼命考试，希望能够通过科举拿到之前想都不敢想的"体制内入场券"。但是，唐朝的科举考试属于初创期，并不是很公平。而且，瘦死的骆驼比马大，那些被战争与科举冲击的名望家族在唐朝依旧拥有极强的势力，唐王朝也是在这些家族的大力支持中建立起来的。贵族们为了维护自己的地位，想方设法阻止朝廷录取那些贫寒子弟，即便录取了，也会在升职加薪的过程中利用各种手段卡住你的脖子。那些贵族子弟们在考试、工作、升职中占尽了天时地利，还可以凭借家里留下的巨额财产吃香喝辣，游山玩水。他们忙着打猎，游戏，赏美景，抱美人，玩得方式花样翻新，千奇百怪。

而那些底层文人们呢？无论在考场还是职场上，僧多粥少，留给中下层文人的机会极其有限。所以，文人们考试考得很辛苦，往往一考就是十几二十年，但也在考试的过程中锻炼了坚强不屈的意志。考完试也只是万里长征的第一步，唐朝科举出身并不能马上安排工作，得等到有了空余编制，你才有机会。如果你的家里没矿，你还得找个临时工作，填饱肚子，焦急地等着空编出来。

等到空编，进入官场，你会发现工资少得可怜，想要晋升，你得去忙着跑关系，找人推荐。因此，唐朝文人们又开始奔波在应酬的路上。好不容易升职了，发现长安城的房子太贵，买不起，又得忙着挣钱、节约，好凑首付买个落脚之处。至于挽着女人去看浪漫鲜花，只有在梦中才会有的幻想。

唐朝文人们其实非常忙，忙着游学、考试、求职、加薪、赚钱、买房、应酬……忙得累弯了腰，愁白了头。他们的辛苦，我们想象不到。但也正是他们积极的忙碌，不懈的努力，才创造了蓬勃昂扬的大唐王朝、震撼古今的唐诗和闪耀世界的文化。

看，诗人们如何奔波在路上，笑傲在诗坛；如何忙里偷闲，苦中作乐。

目 录
Contents

第一章

考考考，皇帝的法宝

（考试忙；求职忙）

01 公平，只是相对的

寒风吹拂着他凌乱而稀疏的头发，年近五十，第十次来到考场，相同的地点和布景，相似的考官和卫兵，还有雷打不动的他这个人。这里，记录了他蓬勃向上的青年、痛苦辛酸的中年、疲惫不堪的暮年。哎，名气是把双刃剑，他的诗歌与才华天下皆知，但他的执拗与偏激官员都恨，因此，他的名字早就上了"不予考虑黑名单"。这一次，也是最后一次，他要在这里与过去告别，与自己和解。考完之后，他再也不考了。

看着相似的考题，想着悲伤的过往，他的脑海里放起了"电影"。唉，我的前半生啊！

他出身寒门，长相一言难尽，总给人"晴天霹雳"似的震撼。可以沉鱼，也可以落雁，只不过鱼和雁是被吓得沉下去、落下来的。所以，从小他就明白，人丑就要多读书！不说废话，埋头学习，最终年少成名，出色的才华暂时遮盖了他的贫穷与丑陋，让他成了小镇上的"非偶像派"小才子。

看着一贫如洗的家庭，他暗暗发誓，我要通过考试改变命运，飞龙总有升天的那一刻。等着吧，我要让世人明白，成功男人的长相和智慧都是成反比的。

他信心满满地踏上去往长安的路，昂首挺胸地走进了考场，洋洋洒洒地完成了考卷。可是，北风那个吹，雪花那个飘，榜单上却没有他的名号。哎，不抛弃，不放弃，大唐的寒门诗人，哪个不是被考试蹂躏过好几次的？韩愈、杜甫……他们都勇往直前，我怕啥？

继续！

但长安城到处都是才子，我们这种小镇来的，不太会受到重视，是不是我也得去跑跑关系、打打名气呢？

唐朝科举考卷不糊名，考官在批阅卷子的时候能看到考生的名字和籍贯。如果你事先有点名气，或者有达官贵人推荐，中举的概率会大得多。阅卷的人有权参考文人们平时的作品和才气，来评判成绩。王公贵族、达官名人、文坛领袖等有地位、有名望的人都可以向主考官推荐人才，一起预先拟定录取的名单，这叫"通榜"。科举之前，拟录取人员参考名单已经形成，主考官一般会以通榜名单为主、考试成绩为辅的方式录取人才。

因此，为了中举，诗人们各想各的招数，各有各的创意。考试之前，他们学会了包装："我的远祖乃是名门之后，所以我也是名门之后，反正几千年前，咱们都同属于一个祖宗——山顶洞人。"吹完祖宗，然后吹作品。考生们把自己平时的诗歌和文章誊写在长方形的纸上（唐朝书籍主要采用卷轴装，纸张必须选用坚韧耐磨的，字迹一定要端庄秀丽，一轴只能写十六行，每行不超过十一个字），然后，小心翼翼包装好，想方设法地献给那些有推荐权的达官贵人、文坛领袖，求他们说句好话：大人，行行好，给刷个好评吧！

这是唐朝独特的考试文化——行卷。有重量级的人物帮你说好话，你才有可能上"通榜"。

即使有人收下你的诗歌集，也未必马上"回复"或"点赞"，因为托关系行卷的人太多了，名流们根本看不过来。那考生们就会想办法再投一份"简历"。对方家里婚丧嫁娶，前去随个份子混个脸熟；对方放假娱乐、操办宴会，前去帮人家端茶、递水、捶捶腿。这样的行为有个好听的名字——温卷。温习一下，加深对方的印象：大哥，还记得我吗？能否刷个五星，哦不，哪怕是三星好评也行啊！

还有一种行卷的方式叫省卷，每个考生在考试前按规定向礼部（科举考试的主管部门）上交自己平时的作品。主考官可以不看，但你不可以不交。然后，考官们会象征性地瞟几眼，因为他们早就在达官贵人的指点下，拟好了"通榜"的名单。

至于为什么不糊名呢？从王公贵族角度来说，科举一出，他们的地位堪忧，得想方设法让自己的子弟进入榜单，以便维护家族的荣耀；从考生角度来说，只要事先打出名气，考官想不录取你，也得掂量掂量，否则，容易引起众怒，这么有名的人你不录取，是不是你有问题？考生们在考前会想尽办法行卷，创作好诗，提高名气，争取来个先声夺人，自带音响进入考场；从皇帝角度来说，他们想通过科举制度提拔寒门人士，巩固权力，但又要平衡贵族们的利益，毕竟这些家伙盘根错节，一时半会儿难以铲除。在民间拥有广泛"粉丝群"的文人，如果没被录取，皇帝也好顺水推舟："为什么如此人才都不录取？你们想干什么？不怕他们造反吗？"

但是，不糊名的制度弊大于利，没有关系和背景的考生会特别辛苦，甚至一辈子都别想考中。

那个屡次落榜、长相奇特的考生觉得写诗已经无法引起大家的注意了，他决定写一部惊世骇俗、讽刺时事的著作。他在长安城到处行卷求好评："走过，路过，千万不要错过，看了我这部书，就能治国平天下了！"然而，他所处的时代已是日落西山的晚唐，哪还有盛唐时期那种重用人才的氛围？当权贵们都在沉浸式体验奢华生活的时候，他却站出来大喝一声："这样不对，你们要心怀天下，重视人才，否则国将不国。"达官贵人们揉揉醉眼，心中不爽："哪里来的臭书生？天下，呵呵！人才，呵呵！滚一边去，别来妨碍我。"

好比人家在高级餐厅享受美食，你却说："先生，你太浪费了，这样吃，不好！"

一次次地碰壁，一次次地失落，人家推荐的是自家人，谁会为你这个要出身没出身、要长相没长相的人说好话啊？

他不信邪，继续考！考到了老，将近三十年，依旧跟落榜名单长相厮守、天荒地老。

他痛苦地四处游荡，不知不觉来到了当初赴考路上的钟陵县（今江西省进贤县），在街头，看到了一个似曾相识的背影，快步走上前去。

原来是你！

原来是你！

一男一女，十几年后又重逢了。女人上下打量男人的装扮，露出失望的眼神，想必又没考中。当年那个信誓旦旦的大才子，眼里早就没了从前自负的光芒。于是，她惊诧而惋惜地问道："您现在还是个布衣（百姓）？"

男人的心里犹如上万根银针扎进来，看着对方的穿着，想必她依然沦落风尘。这么漂亮的女人，居然没人要，还有天理吗？于是，他写了一首诗歌："钟陵醉别十余春，重见云英掌上身。我未成名君未嫁，可能俱是不如人？"

男人便是大名鼎鼎的罗隐，他写的这首诗叫《赠妓云英》。他用来行卷的著作是《谗书》。多年折腾在考场，罗隐早已身心俱疲，也该做个了断了。坐在考场上的他对录取结果已然没了兴趣，反正不可能上榜。因为他看清了世道，看清了未来。

"不论平地与山尖，无限风光尽被占。采得百花成蜜后，为谁辛苦为谁甜？"（《蜂》）

没有权贵的引荐，没有钱财的打点，没有逢迎的性格，谁会推荐你上通榜呢？忙忙碌碌，一年到头，只不过成了富家子弟们的陪跑和笑料。唐朝末年，皇帝昏庸无能，大臣忙于内斗，权贵享受生活，谁会在意国家未来怎么样？今朝有酒今朝醉！而且长得丑不是错，出来行卷就是错。人家推荐你中进士，是为了自己或者朋友找潜力股女婿的，有先天外貌缺陷的人如何能改善基因呢？

据说，罗隐曾经到宰相郑畋府上行卷，郑畋的女儿小心脏怦怦跳：他来了，他来了，好期待！之前她读了罗隐的诗句感慨不已，"张华谩出如丹语，不及刘侯一纸书"，什么样的男人才能写出这样的诗句呢？结果，偶像倒是来了，她却"呕吐"了。老罗不仅长得丑，还没气质。小姑娘好失落。为什么？为什么？他的外貌跟才华就不能稍微搭点边呢？从此以后，她再也不读罗隐的诗歌文章了。

罗隐很无语：我的长相惊到你了，难道诗歌也惹你了？

这个故事只是传说，未必是真的。但罗隐时不时讽刺权贵，倒有可能是他屡战屡败的重要原因。他一旦发起火来，连皇帝都敢骂。听到唐僖宗为了躲避黄巢起义而逃亡成都，他觉得很好笑，难道李家王朝有逃跑的基因？连线路都是一样的（当年唐玄宗也是逃往蜀地），是因为轻车熟路吗？他调侃地写下了《帝幸蜀》："马嵬山色翠依依，又见銮舆幸蜀归。泉下阿蛮应有语，这回休更怨杨妃。"

这回你怨不得贵妃误事了吧？诗歌写得很损很大胆，而这只是他众多讽刺诗中的一首。

要是在唐太宗年代，罗隐可能会成为魏征，但他身处的是颓废的晚唐，只能怪他太傻太天真。

回忆完自己蹉跎的大半生，罗隐淡定地答完了考卷，拍拍身上的尘土，回望威严的考场，笑了！

"得即高歌失即休，多愁多恨亦悠悠。今朝有酒今朝醉，明日愁来明日愁。"（出自罗隐《自遣》）以后的事以后再说吧！

考试的结果跟他预料的一样：谢谢参与，欢迎再来！这就是有名的"十上不第"。考完试，他将名字罗横改成了罗隐：以后我隐居世外，不问世事。但金子总会发光，名气响天下的他被杭州刺史钱镠看中，随着钱镠的升职，他也跟着升迁，后半生终于找到了伯乐与工作。

02 跑关系，跑得好辛苦

唐朝的考卷不糊名，诗人们必须要在考前打出名气，求人推荐，才有可能在激烈的竞争中脱颖而出。一代女皇武则天上台之后，意识到了这种制度的缺点，为了选拔底层那些才华横溢而又对她忠心听话的文人，她对科举制度进行了大刀阔斧的改革。

武则天不仅大幅提高了科举考试的录取率（年均 22 人，远超前代几位皇帝），还亲自在皇宫主持考试，采用"老板直聘"的方式选拔人才。天授元年（690），她创立了殿试制度，命人将试卷上的考生姓名用纸糊封，再交给阅卷官评定成绩，这是宋朝科举弥封制度的起源，让考试更加公平公正，她以这种方式收归了吏部门阀大族的用人权。可惜，弥封和殿试制度只推行了一小段时间，在武则天去世之后，科举制度又在门阀贵族的强烈要求下，恢复了以前的状态，依旧能从考卷上看到考生的名字。他们给出的理由也很充分：录取有名气的考生，总比一考定终身好吧？如果没有全面的了解和考查，怎么能保证考生的综合素质呢？

所以，唐朝的"通榜"和行卷制度是一直存在的。就算你才华盖世，也得有人欣赏你并且愿意推荐你。千里马常有，而伯乐不常有。为了行卷，诗人们各想各的招数。有人不仅深挖祖宗十八代，还细捋七大姑八大姨，试图从中找到能够攀上权贵们的蛛丝马迹。

他出身于大名鼎鼎的范阳卢氏家族，在唐朝初年，卢氏家族乃是顶级名流。由于时间的推移、科举制度的建立、武则天对豪门的清洗等因素，老牌的名门望族也渐渐地衰落。而他的家族也只是卢氏一个不起眼的分支。祖父、父亲等人职位并不高，而父亲又去世比较早，所以家族的名气并未给他带来什么。他从小体弱多病，却从未放下过学习。因为他明白，一切只能靠自己，想要改变命运，唯有读书，参加科举。

正当他信心十足地到长安应试的时候，安禄山叛变了，大唐被搅得天摇地动，皇帝被吓得赶紧逃跑。谁还有心思批改试卷？谁还有工夫张榜名单？

年轻人的梦碎了！兵荒马乱，逃命要紧，他跑到了鄱阳的亲戚家，安定下来。继续学习写作诗歌，结交文人朋友。在漫长焦急的等待中，安史之乱总算结束了。这下该轮到我上场了吧？

额，想多了。

一次，两次，三次……鲜艳的榜单就是挤不下他的名字。

人人都在行卷，家家都在找关系，没有达官贵人的推荐，普通人怎么可能轻易被录取？可是，我到哪里找人推荐呢？

拼爹？爹早就没了。"应怜在泥滓，无路托高车。""方逢粟比金，未识公与卿。十上不可待，三年竟无成。"

人家还有地方奔波，我连个权贵的门都找不到。这样下去不是办法，"硬考"是不行的。痛定思痛之后，他开始翻阅祖宗的家谱，深挖妻子家的"朋友圈"，一个人一个人地研究。很快，他有了喜人的发现。

从卢氏家族里，他找到了在朝廷做官的韦渠牟、韦皋等人，直接上去喊"舅舅"。管他是什么舅，反正都是从韦氏大家族中走出去的。只要他能提着灯笼帮你照亮前面的路，都可以当舅。

从妻子家族里，他发现了一个关键性的人物。他的老丈人叫赵复，有个兄弟叫赵纵，乃是名将郭子仪的女婿。虽然多年没联系，但有了这一层关系，觍着脸上去，想必不会被拒绝。

从范阳河东老乡中，他也看到了希望，高官王缙（诗人王维的弟弟）等人都是河东人，虽然他们年纪大了，不好结交，但可以跟他们的儿辈套近乎啊！宰相苗晋卿的儿子苗发、户部尚书畅璀的儿子畅当……卢氏家族和范阳地区出了很多名人和大臣，只要用侦查断案的精神和百折不挠的意志，总能找到蛛丝马迹。谁是谁的谁，谁跟谁又有什么关系……上去直接"递名片"，俺们都是河东人。

一层层地挖，一个个地抓。

年轻人开始行动了，不达目的，誓不罢休。很快，他钻进了郭暧的"朋友圈"。小郭不仅有个名震天下的老爸——郭子仪，还有个身份显贵的公主老婆，家中钱财无数，收藏众多。他现在什么都不缺，就缺名声。于是，大量文人集聚而来：公子，要不要为您歌功颂德、弘扬正气？

年轻人也有幸被选中，打开了一条通往京城显贵家里的通道。虽然又一次落榜，不过好歹有了行卷的渠道，不急，慢慢来！他经常写诗，歌颂达官贵人。人家有红白喜事，吃饭宴请，他都写上一两首，比如《和赵给事白蝇拂歌》：

华堂多众珍，白拂称殊异。柄裁沈节香袭人，

上结为文下垂穗。霜缕霏微莹且柔，虎须乍细龙髯稠。

皎然素色不因染，淅尔凉风非为秋。群蝇青苍泛游息，

广庑万品无颜色。金屏成点玉成瑕，昼眠宛转空咨嗟。

此时满筵看一举，荻花忽旋杨花舞，耆如寒隼惊暮禽，

飒若繁埃得轻雨。主人说是故人留，每诚如新比白头。

　　　　若将挥玩闲临水，愿接波中一白鸥。

通篇都是赞美对方土豪式的生活，语言华丽，用词雕琢。

渐渐地，大家发现他的诗歌工于写景，形象鲜明，气势不凡，

有特色！

于是，大唐又涌现出一位大才子——卢纶。

曾经也被科举反复"蹂躏"的宰相元载将卢纶的诗歌进献给了唐代宗，并大力点赞：小卢不错的！

代宗点点头，那还考什么？直接去干阌乡县尉！进士出身的人一开始也就干个县尉（县令的帮手，掌治安捕盗之事，有点类似现在的公安局局长），而阌乡的地点还可以，不偏僻，不贫穷，普通的进士到这里任职的可能性不大。

卢纶通过宰相大人的荐举，实现了华丽转身。

"消费"市场一旦打开，成为"爆款"也是迟早的事。河东老乡王缙推荐卢纶出任集贤殿学士、秘书省校书郎，接着，卢纶凭借积累起来的强大关系网，又升任监察御史。可是，抱团取暖也有风险，一旦团中心太热，随时都有爆炸的可能。元载因为贪污腐败而被杀，王缙、赵纵、裴翼等一大帮同党被贬，卢纶自然也无法幸免。

但是，贬官不是杀头，一旦皇帝换了，或者"老大"的心情变了，大家也就回来了。

新皇帝唐德宗即位之后，大难不死的人纷纷"再就业"，卢纶成为昭应县令。可天有不测风云，梅雨季节一旦到来，雨就会下得没完没了。卢纶被人诬陷，差点丧命。这个时候，他前期用心编织的"关系网""朋友圈"发挥了重要作用，众人伸出援手，帮他脱离险境。

时任奉天行营兵马副元帅浑瑊也发来邀请：小卢，要不来我这里，担任元帅判官如何？浑瑊乃郭子仪老部下，而卢纶是郭暧府上的座上宾，两人关系不一般。

求之不得！卢纶很兴奋，安史之乱后，各地藩镇心怀鬼胎，周边国家蠢蠢欲动。仗，肯定有的打；功，绝对有机会建！浑瑊精通骑射，武功过人，跟着他，有肉吃！

在军营担任判官的经历，给卢纶的诗歌注入了筋骨和灵魂。既有气势雄浑的《塞下曲》：

其二

林暗草惊风，将军夜引弓。平明寻白羽，没在石棱中。

其三

月黑雁飞高，单于夜遁逃。欲将轻骑逐，大雪满弓刀。

看我大将军，一箭穿大石，敌人想逃跑，门都找不到。跨上千里马，雪落大弯刀。看你们怕不怕？还敢不敢来？

又有悲伤无奈的《逢病军人》：

行多有病住无粮，万里还乡未到乡。
蓬鬓哀吟古城下，不堪秋气入金疮。

受伤的战士被批准回家乡，可是，一路上缺药少粮，伤口疼痛带来的哀号声响彻天空。老家就在前方，老兵可有命到达？

战斗前线虽然危险而又寂寞，却是诗人成长的舞台，也是诗歌气势的源泉。

后来，暮年的卢纶回到了中央。已升任太府卿（掌管皇帝财政财物的官员）的"舅舅"——韦渠牟极力在唐德宗面前推荐卢纶。唐德宗亲自"面试（令和御制诗）"：来，我出题，你吟诗。卢纶轻松过关，被任命为户部郎中。落榜生终于实现了梦想。可是，老天却召唤他了。还没享受升官带来的快乐，卢纶就去世了。

卢纶虽然到处钻营，却没突破做人的底线，很多人为了行卷，不仅丢掉了尊严，还丧失了灵魂。

《北梦琐言》里有个小故事。文人李昌符在当时虽然有点名气，却总是考不上，没有重要人物关注他的作品。哎，正经诗歌写的人太多，要不来点不正经的？于是，他突发奇想，以《婢仆诗》为题写了五十首诗，汇编成册。里面大多是歌妓们打情骂俏的日常用语与黄色笑话，比如："春娘爱上酒家楼，不怕归迟总不忧。推道那家娘子卧，且留教住待梳头。不论秋菊与春花，个个能噇空腹茶。无事莫教频入库，一名闲物要些些。"

把妓女群体写得很轻浮，说这些女人能吃能喝能睡还能要小费。

没想到，这些淫词俗调的效果出奇地好，成功引起了达官贵人们的兴趣。黄色笑话、娱乐八卦，有点意思！李昌符竟然很快考中了进士。如果大家都靠这种方式行卷，那就不可能出现伟大的唐诗了。

有些考生为了行卷而拉帮结派，互结朋党，哪个有地位就往哪个身上靠，找到权贵，磕头便拜，你就是我们的老大！然后充分发挥整体的力量，操纵舆论，贬低他人，左右主考官的判断。

也有人为了行卷，节操碎了一地。有个叫宇文翙的人对科举近乎痴迷，但他水平太差，写不出像样的诗歌和文章，正路大道走不通，邪门歪道闯一闯。他有个女儿长得沉鱼落雁，闭月羞花，众多富家公子踏破门槛前来提亲。宇文翊斜着眼睛懒得看，钱，哼！老夫缺钱吗？他已经瞄上了一位比他还大的"乘龙快婿"——七十多岁的窦璎。老窦的哥哥在朝中属于实力派大人物，他若一张口，科举稳中求。

窦璎老来俏，想娶个小妾享享福。宇文翊迎上去，窦老，我家女儿怎么样？

好，好，好！小宇，你真的要把女儿嫁给我？老窦两眼放光，走路带风，腰不酸腿不疼，一口气上五楼，不费劲儿！

宇文翊在小女儿、老女婿的助力下，成功圆了进士梦。

还有抄袭别人诗歌集的。诗人杨衡的表兄弟偷了杨衡的诗歌文章，跑到京城行卷，居然考中了。杨衡气得前去质问："我那句'一一鹤声飞上天'还在不在？"老表回答："我知道表兄最喜欢这句诗，不敢连它也偷了去。"

防火防盗防闺蜜，行卷走动跑关系，上下应付心疲惫，埋头苦读年岁岁。唐朝诗人们太不容易了，不能看到"摧眉折腰事权贵"，就认为他们丧失节操，也不能读到"仰天大笑出门去"，就觉得他们潇洒高傲。

"诗仙"李白也曾费尽心思，到处求推荐。有个叫韩朝宗的官员曾任荆州长史，人称"韩荆州"，经常向朝廷推荐有能力与才华的年轻人，当时的读书人都想结交他。一心想求官的李白毛遂自荐，写了一篇求荐信——《与韩荆州书》："白闻天下谈士相聚而言曰：'生不用封万户侯，但愿一识韩荆州。'……幸惟下流，大开奖饰，惟君侯图之。"除了这封信，李白还写了很多干谒（为某种目的而求见）诗，比如《玉真公主别馆苦雨赠卫尉张卿二首》《赠从兄襄阳少府皓》《赠瑕丘王少府》《述德兼陈情上哥舒大夫》等。那句"仰天大笑出门去，我辈岂是蓬蒿人"也是因为他长期行卷终于得到别人推荐，进而被皇帝召见，心情大好之时写出来的。你们这些曾经嘲笑我的人，等着吧，我这只大鹏要展翅飞翔了。

"诗仙"不能免俗，"诗圣"也无法超脱。

中年时期的杜甫来到长安，原本发誓"不屈己，不干（干谒）人"的他也向残酷的现实低下头，提笔给当时的尚书左丞（相当于副宰相）韦济写了一首干谒诗——《奉赠韦左丞丈二十二韵》：

> 纨绔不饿死，儒冠多误身。丈人试静听，贱子请具陈。
> 甫昔少年日，早充观国宾。读书破万卷，下笔如有神。
> 赋料扬雄敌，诗看子建亲。李邕求识面，王翰愿卜邻。
> 自谓颇挺出，立登要路津。致君尧舜上，再使风俗淳。

您可能还不太了解，我是个多么厉害的有为青年，从小到大，读的书已经突破万卷了，写起诗来就像打了鸡血，神仙助阵，一挥而就。我的辞赋能敌过扬雄，作的诗篇能媲美曹植，我能辅助皇帝成为尧舜，又能让天下风气变纯朴。

夸完自己，接着又近乎哀求地写道："骑驴十三载，旅食京华春。朝扣富儿门，暮随肥马尘。残杯与冷炙，到处潜悲辛。主上顷见征，欻然欲求伸。"多少年来，我漂泊不定，为了能得到权贵们的推荐，每天凌晨出发，天还没亮就等在王公大臣的门口，趁他们还没上朝，鼓起勇气走上前去，等待接见。傍晚时分，像条哈巴狗跟在王公大臣们的马车后面，想尽办法跟他们搭上话。每天吃着剩菜冷饭，受着冷风苦雨。希望您能推荐我，让我为国家效力。

也有人行卷之前，没有做好充分的准备和调查，撞到了枪口上。

考生李文彬好不容易碰到了官员纥干臮。纥干臮问他："最近可听到什么有趣的新闻啊？"李文彬一时愣住了，这位大人好奇怪，不问我的诗词歌赋，反而想听听八卦新闻，我没准备啊！不答岂不显得我是个不问世事的书呆子？李文彬搜肠刮肚，嘿，有了！他刚刚听人说，朝中有个大人死了，可一时半会儿想不起名字是什么。到底是谁呢？叫啥呢？之前有人帮他联系纥干臮，他只记住了这个名字，纥干臮，纥干臮？于是直接说道："听说纥干臮大人死了。"

额，我什么时候死的？我怎么不知道？纥干臮蒙了，这家伙读书读傻了吗？于是甩手离去，临走前还不忘来一把黑色幽默："你好像是在跟鬼谈话呢！"

李文彬站在凄风冷雨中，彻底凉凉，不仅行卷失败，还成了大家茶余饭后的笑料。

行卷虽然辛苦，但也大大激发了诗人们的创造力。他们一有空闲就写，一有感触就写，一有新闻就写，天上飞的，地上跑的，水里游的，土里埋的，树上长的，从王侯到百姓，从历史到现实，从游戏到青楼，没有什么不能写，没有什么不能吟。

唐诗包罗万象，数量惊人，也是被逼的啊！不写多一点，拿什么去行卷？凭什么打出名气呢？写得多了，总会冒出几句经典吧？

诗人挖空心思写诗赋、练书法、搞"策划"，虽然忙得焦头烂额，累得一塌糊涂，却也写出了很多反映社会现实的诗歌，未尝不是一件好事。

唐朝的科举考试到底有什么魔力，引起无数文人竞折腰？到底考什么内容呢？跟诗歌的繁荣又有什么关系呢？

03 挤破头，也要考进热门专业

两晋南北朝时期，贵族集团把持了朝政与人事大权，寒门子弟根本没有晋升的机会。隋文帝统一天下以后，废除了维护门阀贵族地位的人才选拔考试制度——九品中正制。在开皇年间，下令各地以"志行修谨、清平干济二科举人"，要求被举荐的人参加笔试，初步打破了门阀士族对官场的垄断。到了隋炀帝大业三年（607），朝廷诏令"文武有职事者，五品以上，宜依令十科举人"。明确提出了十科举人的科目：孝悌有闻、德行敦厚、节义可称、操履清洁、强毅正直、执宪不挠、学业优敏、文才美秀、才堪将略、膂力骁壮。考试分为不同的科目，以举荐录取不同标准的人才，所以叫"科举"。

大业五年（609），朝廷又将十科精减为四科。随着时间的推移，最初的科举考试固定为秀才、进士、俊士、明经四科。进士科乃是隋炀帝时候新出现的科目，以考查策问为主，类似于让考生们写几篇议论文。

可惜，隋朝还没有来得及完善考试制度，就灭亡了。

唐朝的皇帝们觉得考试是个"招聘"人才的好办法，于是将科举制度发扬光大。

武德四年（621），唐高祖颁发诏令："诸州学士及白丁，有明经及秀才、俊士、进士，明于理体，为乡曲所称者，委本县考试，州长重覆，取其合格，每年十月随物入贡。"开设了秀才科、明经科和进士科，科举最低一级——乡试正式设立。武德五年（622），朝廷明确士人可以"投碟自应"。这个小小的改革，彻底打开了寒门子弟进入考场和官场的大门。中下层寒门子弟不用像以前那样，必须被人举荐才能参加考试，带着资料自行到当地政府处报名就行了。

不论等级，不论门第，不论背景，科举向全社会开放。魏晋南北朝以来，长期被压抑的寒门子弟在迷茫之中看到了翻身的希望。

唐朝科举考试分为解试和省试两级：解试又叫乡试，类似现在的高中会考，州县（地方政府）举行的考试或者中央公立学校组织的毕业考试；省试是由中央机构——尚书省组织的全国统一考试，类似现在的高考。通过这个考试，才算正式考中进士，拿到了官场准入证。"乡试"的第一名叫"解元"或"解头"，"省试"的第一名叫"状头"或"状元"。

参加省试的考生主要有两种：一是"生徒"，通过毕业考试的中央公立"大学（国子监）"在校生；二是"乡贡"，通过所在州、县组织的选拔考试——乡试（解试）的社会人员，每年随地方政府向朝廷进贡的物品（贡品）一起被送到京城长安。

考试基本上每年举行一次。

唐朝初期虽然实行了科举考试，但是，录取的人数并不多。汉魏至南北朝时期，陕西关中和甘肃陇山地带长期盘踞着顶级门

阀集团，它们内部之间相互通婚，文化上相互认同，始终把持着各个朝代的政权与军事，入则为相，出则为将。既有鲜卑族人，也有汉族人，渐渐地，这一带就形成了有名的关陇集团，西魏、北周、隋、唐四代皇帝都出自这个集团。

科举制度在唐太宗时期并未充分发挥作用，很多跟着太宗皇帝打天下的人都出自关陇集团等门阀贵族，他们的子弟也充斥在各级政府部门。隋文帝、唐高祖、唐太宗都是依赖贵族集团建立王朝的，不可能彻底打击门阀制度。

由于李世民个人魅力超群，文武双全，跨上战马无人能阻挡，拿起毛笔又无人能比。在他的万丈光芒之下，那些高傲的门阀贵族子弟谁也不敢放肆，尽心尽力、忠诚不二地跟着皇帝干事，推动着大唐不断前行。

但是，到了李治当家呢？

在众多皇子之中，他原本是最不显眼的一个，无论哪个兄弟的文武之才都比他出众，谁也没有想到他能当上太子。估计李治自己也没想到，因而他的内心或多或少有些自卑。老功臣们倚老卖老，门阀贵族子弟子承父业，大部分官员仍靠世袭的特权进入官场，谁来理你？

看似柔弱的李治根本没被权贵们放在眼里，一举一动都备受牵制，完全没有当皇帝的那种唯我独尊的感觉。李治不乐意了："老虎不发威，当我是病猫"吗？

撂倒那些傲慢的门阀士族成了他的头等大事。

这个时候，武则天出现了。她天生的凶狠与智谋震撼了李治，关键还挺性感妩媚呢！这不就是我想要的帮手吗？两个人一起对科举考试进行了改革与探索，必须要从中下层人士中选拔听话能干的上来。

唐高宗永徽二年（651），朝廷废除了秀才科（这科难度极大，录取率极低，而且贵族出身的考生容易得高分）。从此以后，进士科和明经科（主要考查儒家典籍的背诵与理解）成为科举考试的两大主要科目。

进士科一开始只考策问（相当于时事政治论述题）。但是，时事政治总共也就那么几个问题，即如何安抚百姓、如何治理水灾、如何惩治腐败、如何增加收入等。考生们会针对这些问题分门别类，摘录前人的高分答题样本，提前准备。在没有活字印刷术、扫描仪的唐朝，能从考官手里拿到前人保留下来的高分答题卷的人，只有那些高官子弟，对中下层普通文人来说，不够公平。到了唐高宗永隆二年（681），进士科又增加了帖经（相当于填空题，考查考生对儒家经典的背诵理解能力）和杂文（指诗、赋、箴、铭、颂、表、议、论之类）。

而武则天自己喜欢吟诗作赋，不喜欢儒家那一套古板的理论。凭什么女人不能抛头露面？凭什么女人不能做皇帝？为了给自己称帝扫清障碍，她喜欢重用文学之士，也更重视进士科人才的选拔，杂文中的诗赋渐渐受到关注。会写诗赋的文人更容易得到皇帝的提拔。

而明经科的考试内容主要是儒家经典的背诵与理解。首先，考生家里要有很多经书，从小就必须熟读背诵，对于贫寒子弟来说，穷得连饭都吃不上，哪有这样的机会？唐朝虽然出现了雕版印刷，但这种印刷技术极费时间与人工，一本书要熟练工人在木板上雕刻好多年。普通人能搞到一本儒家经书就谢天谢地了，何况好多本？即使从别人那里借到，也得马上手抄下来，除了课本，还得抄注释参考书，否则怎么读得懂？然后再把书籍、注释背熟。十万多字的经书课本，加上百万字的解读参考书，都要人工抄写。一旦官方修订考试用书，考生也得修订或重抄，家里没矿没地，怎能搞到这么多经书？哪有时间去背诵？雇人抄，工钱哪里来？自己抄，纸张笔墨成本高，而时间又从哪里来？年纪越大，记性越差，如果不雇人抄，自己抄完都成大叔了，还怎么去背诵？

那些有背景的官二代、官三代们大多从小就在国子监等公办学校读书，学习的内容就是儒家经典，他们应试明经科考试远比穷人家的孩子有优势。人家小学就把多部经典都背完了，你还在手抄《论语》，怎么跟他们比呢？何况他们还有特级老师上课，你如何跟他们竞争？

穷人家的小孩既要干活填饱肚子，又没有那么多书可以读，选择方向只能是进士科。因此，致力于打击贵族集团的李治和武则天特别重视进士科出身的人士，提拔也优先考虑这些人。皇帝重视，更快进入权力中心；社会关注，更能赢得满堂喝彩。渐渐地，进士科成了"热门专业"。

科举考试，很多时候并不是知识的考察，而是政治的斗争，是寒门与贵族的博弈。

到了唐玄宗开元二十五年（737），原来由吏部考功司主持的省试改由礼部主持，称为"礼部试"，成为固定的制度。武则天时期比较重视的杂文题又变成了纯粹的诗赋题。诗赋写作题的分数越来越高，远超策问和帖经。天宝年间以后，进士科总共有三场考试，第一场考试就是诗赋，第二场是帖经，第三场是策问。逐场定去留，考完一场，立即批卷，然后再根据成绩决定下一场的考生名单。因此第一场考试最重要，考不好，后面没得考。考好了，一路绿灯，后面两场的成绩仅供参考而已。

所以，诗赋题逐渐成为进士科的考试重点，直接刺激了文人创作诗歌的积极性。写不好诗赋，入不了榜单，在某种程度上来说，真正造就唐朝诗歌繁荣的是科举考试制度。因为要考试，要行卷，文人只能拼命写诗增强应试的能力，官员也认真提高鉴别诗歌的水平。也许在紧张的考场中产生不了优秀的诗歌，但在平时备考和行卷中，文人们有足够的时间创作出高水平的诗歌。大家在行卷的时候，也会把自己精心挑选的好诗放在最前面，争取给他人留下良好的第一印象。

即便考不上进士，有了诗赋创作的才能，可以更快地打出名气，被人推荐进中央或到官府、军队做幕僚、参谋，也是文人的一个出路。在唐朝，从皇帝到达官贵人，都喜欢没事吟两句诗歌，显得高雅有情调。大家喝酒的时候，不可能靠背一篇儒家经文劝劝酒，也不能解释法律条文来助兴。

民间歌女们唱歌需要歌词，如果摘录几句孔子语录让她们唱，还不被轰下台啊？为诗歌谱上曲子，就是一首绝妙的流行音乐。因此，大家对音乐和诗歌的需求暴涨，哪个诗歌写得好，就会赢得听众们的掌声，无形之中，又给文人提升了名气。

到了中晚唐时期，进士科更是成为文人们心目中的不二选择。社会上渐渐形成了一个共识：进士科才能考察文人的本领，才能更快地得到皇帝的赏识。文人一旦进士及第，便是"登龙门"，升迁很快，宰相之位也触手可及。因此，新科进士们被称为"白衣公卿""一品白衫"，都是最佳"潜力股"，随时有"涨停"的可能。因此，进士科虽然竞争越来越激烈，参与的人却越来越多，大家对其他科目则嗤之以鼻。

可是，在政治黑暗的年代，普通人想要考进热门专业，比登天还难。名满天下的罗隐考了十次也没考上。还有个大神考了三十多年。

他是魏州（今河北大名）人，出身贫寒，很有诗赋才华。早年离开家乡，和科举结下了大半辈子的孽缘。每年参加考试，铁定沦为炮灰。他曾经在外面大病一场，被人误传已经死掉了。妻子跑到京城，准备把他的尸体拉回去埋了。

在半路上，妻子隐约看到一个身影，似曾相识，又不敢相认，毕竟十多年没见了。可是，当对方越走越近，她的内心崩溃了。是老公，真的是他！可他不是死了吗？

怎么老了这么多？你是人还是鬼？

衣衫褴褛的男人认出了变化不大的妻子，顿时老泪纵横。谢天谢地，你来了！老婆，我好想回家！

多年未见的夫妻二人抱头痛哭。哎，一入科举深似海啊！

可是，哭完了，男人又擦擦眼泪，搂着妻子，望着京城。他不甘心，三十多年了，怎么也得给自己一个交代吧！妻子明白了，在丈夫的眼里，宇宙的尽头就是科举。她点点头：那你就代表宇宙继续战斗吧！我在精神上支持你！

男人抖抖身上的尘土，重新出发，最后在唐懿宗咸通十二年（871）考中了进士，终于走进了"体制内"。

他的名字叫公乘亿。

他还算幸运的了，及时止损。大多数人毫无声息地被埋没在历史的尘烟里，不少文人还因为参加考试，把原来的小康之家拖成了贫困大户，结果，只换回了发霉的"准考证"，始终拿不到"毕业证"。

参加科举的考生们一场考试下来花费特别大，行卷要花钱包装诗歌集吧？要买毛笔纸墨来书写吧？跑关系得带点礼物或土特产吧？来到京城也要吃饭住宿吧？来回交通费（唐朝政府不给补贴）需要多少？朋友请你吃饭是不是得回请……

春天放榜后，很多落榜的考生为了节省时间和精力，选择留在长安不回家。因为没有高铁和飞机，家远的来回要走大半年，等走回家，歇不了几天，第二年的考试时间又到了。不如住在长安复读，来年再考，这叫"过夏"。按照唐朝考生的常规路线，考个三五年、十几年，很正常！

长安城消费也很高，家里有地有钱还好说，没钱的呢？要么寄居在寺院道观，没酒没肉，蹭点清汤；要么替人抄书，或多或少，赚些盘缠；要么四处哭穷，讨要剩饭。

遇到王朝末期，"地主家"都没有余粮，贫寒子弟只能喝着别人喝过的西北风，始终无法与榜单相拥。诗人们经过多年的折腾，拖垮了家庭，拖垮了身体，沦为拿不到"低保"的赤贫户。散文家孙樵由于屡次考不上，白天饿得头昏眼花，夜里冻得不能睡觉，他曾经写过自己的悲惨生活："悴如冻灰，腾如槁柴"。

有名的诗人我们看得见，没名气的诗人呢？《太平广记》中记载，有个叫陈季卿的江南考生，跑到长安，十年都没考上，又不敢回去，只能流落街头干杂活。后来一路上风餐露宿，回到家乡，家人们竟然吓得纷纷逃避，你不是死了吗？大白天的，跟我们玩什么聊斋啊？

还有个叫李敏的人，考了十年没考上，最后精神分裂，时刻感觉自己将要升天，"忽觉形魂相离，其身飘飘"。《酉阳杂俎》中记录了一个不知名的诗人落榜后，钱花光了，又生了病，只能把身上最后一件破衣服脱下来卖掉，换口饭吃。

很多没有名气与才华的落榜生无法得到社会的认可，有的到寺院道观里出家，有的在饥寒交迫中死去，像条臭虫一样烂在野外，让人唏嘘不已。

除了进士科，科举有没有其他的考试科目了呢？

04 此路走不通，换条路再走

唐代的科举分为常举和制举（临时考试）两类，前者好比期中、期末等综合考试，定时组织；后者好比临时性的考试，偶尔组织，皇帝心血来潮搞一次。常举设置了进士科、明经（通晓儒家经典）科、明法科（法律人才）、明算科（数学人才）、明字科（文字人才）、医科等多种考试，每年固定时间固定地点进行。

进士、明经两科的考生最多，其他科目如明法科、明字科、明算科、史科等录取的人才具有一定的专业性，录取名额极少，成为高官的可能性很小，因而受不到社会的普遍重视。

进士科录取数量约为考生的 1% ~ 2%，明经科为 1/10 ~ 2/10，其他科目基本忽略不计。

也有比较理性的文人，先选择冷门专业，拿到"官场入门券"，然后再参加制举考试镀镀金。

有个十五岁的大男孩，望着跟豪华不沾边的屋子，想起自己是家里唯一的顶梁柱，只能一声叹息："哎，好歹我也是北魏宗室鲜卑拓跋部的后裔，怎么混到如此地步？"虽然整个家族长期盘踞洛阳，可自从他的父亲去世，家中失去了经济来源，他便尝尽了世态炎凉。家族里的亲戚朋友们大多喜欢锦上添花，而非雪中送炭，谁会理你们孤儿寡母？

好在出身书香门第的母亲坚持教他识字读书，男孩自幼刻苦勤奋。累了，困了，掐一掐大腿；倦了，乏了，喝一喝凉水。十五岁的他已经精通儒家经典、诗词歌赋。为了早日脱离贫困，他迫切地想要通过考试改变命运。

在考试科目的选择上，这个少年显示出了同龄人甚至成年人都难有的理智。

当时科举考试的热门选择是进士科。但是，进士科的录取率太低，还得到处跑关系去行卷，以少年的经济条件，怎么有时间、精力和钱财去跑关系呢？他将目光投向了相对比较容易的明经科。这一科在唐朝初期的时候，地位和进士科差不多，曾经也考出过几位代表性的人物，比如张文瓘、李昭德和狄仁杰。

明经科考试侧重儒家经典的背诵，考试方式是帖经（填空题，考察背诵能力）、墨义（名词解释，考察对课文的理解能力）和口试（口头解释典籍中的内容和读书心得）。唐朝以《礼记》《左传》为大经，《诗经》《周礼》《仪礼》为中经，《周易》《尚书》《公羊传》《谷梁传》为小经，合成"九经"。从九经里提出问题，考生进行解释、说明与论述，重在考察对儒家经典书籍的理解程度。也不是九部经书都要考，而是分为明一经、两经、三经、五经四个级别。你懂一部儒家经典也行，九部都懂那更好。考生在考试的时候，要正确解释书中词语的意思，用儒家经典来对历史与现实问题进行论述评论（类似于现在中学里的政治题，用哲学理论解释现实事件）。

考试不算难，熟读背诵儒家经典即可。所以社会上流行一种说法："三十老明经，五十少进士"，三十岁考中明经就算晚的了，因为明经科主要考的是记忆和背诵。明经科虽然录取的人数相对较多，但是，随着皇帝和社会对进士科人才的偏爱，很多自以为有才华的文人都不太愿意去尝试。而且考中了明经、明字、明法等科目，就很难再参加进士科的考试了，升迁也会受到很大的束缚。

从小就熟读背诵经书的大男孩心想，五经太难，一经太简单，所以他选了难度中等的《礼记》《尚书》两经。不出意外，他顺利地通过了考试。

从此，科举考场有了一个响亮的名字——元稹。

但是，在唐朝，考中进士并不意味着马上就有官做，会有一个漫长的守选期，你得在家蹲着，或找个临时工作。进士科守选时间为三年（这也是很多文人选这科的原因之一），其他科目差不多是七八年。守选目的是缓解"就业压力"，每年的考生多，官位少，不可能给每个考中的人立即安排工作岗位。所以即便考中科举，你也得等"空编"。初唐的考生少，职位多，国家急需人才，不太会出现这种现象。但到了唐朝中晚期，编制越来越少，考生越来越多，守选期就会越来越长。

除了编制紧缺之外，朝廷还希望考生们能趁着守选期更深入地学习知识，将来能够更好地适应工作岗位。如果家里不差钱，在守选期内安静地深造，也是一个读书学习的好机会。因为这个时候，你已经拿到了官场准入证，心情是不一样的。唐朝文人裴坦当年考中进士之后，感觉自己的才华和知识在应付考试的时候有点不够用。于是，他就在守选期内，谢绝一切交际活动，闭门苦读，勤于创作，终于成为一代文章大家。守选期过后，他来到长安城参加吏部铨选，文章中华丽的辞藻、磅礴的气势震惊了很多人，让他"涨粉"无数。他也顺利通过了考试，最终还登上了宰相之位。

明经科的守选时间相对于进士科来说，比较长，一般为七年。

元稹是个典型的现实主义者：我先占个位置，总有机会轮到我，反正我还小，与其在进士科，考到老，跑关系，不如静下心来好好准备接下来的吏部铨选（关试），一般在春天快结束的时候，所以也叫"春关"。到了宋朝，这场考试被殿试取代。

铨选考试要求非常严格，注重身（体貌丰伟）、言（言辞辩正）、书（楷书遒美）、判（文理优长），兼顾德、才、劳三个方面。

先考"书判"，这叫"试"，看你字写得如何，断案能力怎样。字歪歪扭扭，判案犹犹豫豫，从哪里来回哪里去。再考"身言"，这叫"铨"，看你长得如何，口才怎样。长得对不起观众，说话口齿不清，回家的路就在前方。考试通过以后，主考官语气好多了，询问你的意愿。有什么想法？希望去哪个地方啊？经过层层领导审阅后，批复你的官职，这叫"注"。最后，把通过考试的人叫到一起，立正稍息，宣布岗位，这叫"唱"。

吏部一直都是权贵们的老巢，吏部尚书基本都由一流门阀出身的贵族子弟担任，他们在人才选拔上肯定偏重出身。即使你凭借优秀的成绩通过科举考试，到了吏部以后，也会受到刁难。"书判"算是客观题，可"身言"呢？说你没气质，你该怎么办？说你谈吐不优雅，你又能怎样？

有了科举明经及第的"学历证书"，元稹就可以到节度使的幕府里找份工作拿工资，然后再静下心来准备吏部的考试。

他来到了蒲州（今山西省永济市蒲州镇，因为此地处于黄河中游而得名河中府），在河中节度使府上当了个小官，一边干工作，一边准备吏部的考试。顺便还谈了场凄美的恋爱，结了一次现实的婚姻。

在蒲州无聊之时，元稹遇到了一个崔姓女子。那犹如清澈小溪里水草荡漾般的眼睛，与仿佛茂密丛林里狮子寻猎般的眼睛，相互对视，瞬间沦陷。可是，对方家里虽然很有钱，政治地位却很一般。哎，管他呢，先谈个恋爱再说。一时间，二人如胶似漆，你侬我侬，情深深雨濛濛。

可惜，爱情再甜，也不能当饭吃！过了七年守选期的元稹前往京城参加吏部的铨选。由于才华出众，名声在外，长得还帅，他被出身名门望族的京城高官韦夏卿一眼看中，成为韦家的最佳女婿候选人。

原本在讲究门第的唐朝，像元稹这样出身的人是不可能有资格娶到名门女子的。但是，由于科举考试越来越受到皇帝们的重视，有些豪门权贵也会在新科考生中选取有才华、有前途的中下层文人进行重点培养，开辟延续家族辉煌的新赛道。

元稹犹豫了，一边是海水，坐上大船，便能海阔天空；一边是火焰，纵情欲海追求爱情，可能焚烧自我。想来想去，他狠心放弃了小崔，就让她做个遥远地方的好姑娘吧！让秋风带走我的思念和泪水。崔，对不起了！

就这样，元稹娶了韦夏卿的掌上明珠——韦丛，正式踏入豪门。

同年，也就是贞元十八年（802）冬天，二十四岁的元稹带着应试的技巧与新婚的快乐参加了吏部的考试——铨选。

铨选是吏部每年举行的常规考试。这种考试还需要拼资历和年龄，你得家里"有矿"熬得起，所以引起了很多才能突出者的不满。为了让那些特别有才的年轻官员脱颖而出，朝廷又让吏部推出了科目选（类似于特招）："博学宏词科"和"书判拔萃科"。前者注重知识和文采，后者注重断案（在古代，这是官员必备的能力）和文采。只要通过科举考试的人或者在职官员都可以参加，尤其是科举出身又没编制的文人不需要"家里蹲（守选）"三年或七年，可以直接参加科目选，考中立即"入编"。

但是，这种科目不仅题目难度大，录取率也超低，能通过的人一般都是顶级考霸。

元稹这一次参加的吏部考试，只有八个人通过，其中一个比他大七岁的男人成了考场明星，只有他一个人通过了吏部难度极大的科目选——书判拔萃科的考试。这种考试主要考判词三条（而吏部的普通关试只考两条），对断案的水平和写作的水平要求极高。那个头发有点白的年轻男人却拿了个最优等的成绩。

他是谁？他是怎么做到的呢？年轻的元稹好奇地前去打听。

从此，他结交了一生的挚友——白居易。

老白的应试水平、渊博知识、刻苦程度都深深地震撼了年轻的元稹。

白居易看似很容易地通过了科举考试，其实，他为了这一天的到来，已经专注应试"刷题"很多年。因为行卷固然重要，但是考场成绩也很重要。如果你的答题水平远远甩开其他人，也会给考官留下深刻的印象。

唐朝科举考试总共有三场，每场一天时间，从早到晚，到了太阳下山，夜幕降临，考官只发给每个考生三支木烛，燃烧完毕，立即交卷。很多考生抓破头皮也做不完题目，当时有人作对联："三条烛尽，烧残士子之心；八韵赋成，惊破试官之胆。"

为什么会有这种说法呢？

唐代尤其中唐以后，进士科第一场诗赋考试的第一题是格律诗，又称试律诗。试律诗最流行的考法是五言六韵十二句六十个字（也有"五言四韵八句""五言八韵十六句"），诗句中押韵的字必须要使用题目中出现的一个字（限韵字）。

天宝十年的进士科题目为《湘灵鼓瑟诗》，当时考生钱起的应试诗最有名："善鼓云和瑟，常闻帝子灵。冯夷空自舞，楚客不堪听。苦调凄金石，清音入杳冥。苍梧来怨慕，白芷动芳馨。流水传潇浦，悲风过洞庭。曲终人不见，江上数峰青。"

"灵、听、冥、馨、庭、青"是押韵字，"灵"是限韵字，在诗歌里，你必须用与这个字相同或相近的韵母来押韵，否则，第一场考试就得跟你说拜拜。

作完律诗，还有更"生猛"的格律赋（也称甲赋）！

题目难度大，标准高，考试成绩全靠它。整篇赋大致在三四百个字，要求声调和谐、辞藻华美、对仗工整、用韵严格。这种文体

主要是为了炫耀文采，以四个字、六个字的句子为主，极具震撼的视听效果。尤其押韵最变态，限定几个字，整篇文章都必须用它们来押韵。

唐玄宗开元二年（714），省试主考官王丘出的题目是《旗赋》，限定用"风日云野，军国清肃"八个字作韵脚（句末押韵的字）。题目是针对军队出征、军旗飘扬而出的，用意在于表现军容整齐有气势。

我们来看看这场考试的状元李昂写的《旗赋》最后两段（篇幅有限，只选两段）：

"塞断连营，幸偶时清；对炎炎之台殿，闲悠悠之旆旌。陵紫霄而风埽，逗碧落以云萦；摆帝楼之晴树，弄天门之晓旌。高则可仰，犯乃不倾；每低昂以自守，常居满而望盈。（此段以清为韵脚，营、清、旌、萦、倾、盈都押同一个韵）

时亨《大畜》，于何不育？永端容于太阶，沐皇风之清肃。（此段肃是押韵字，畜、肃都压同一个韵）”

这种文章每句话的平仄、押韵都有严格规定，一个不小心，就会闯关失败。考生想要顺利答题，必须仔细弄清楚哪些字能押韵，哪些字不能押韵，跟考试题目相关的押韵字有哪些，又如何巧妙地把这些字按顺序排到文章的各个段落中去。既要写得好，又要写得妙，最好还能呱呱叫，很考验一个人的知识量和脑细胞。在这样严格的考试要求下，文人们很难写出优秀的作品。但是在考试中写出来的一些赋文往往能够名垂千古，比如《阿房宫赋》。

在开元二年的考试中，考生李昂的文章写得很精彩，在当时录取的 27 名进士中名列第一，成了状元郎。从这场考试以后，限定八韵（八个字作韵脚）就成为唐代科举考试格律赋的标准题型。

为了应试这种难度超高的题型，白居易平时只能拼命"刷题（昼课赋）"，不仅刷"历年真题"，还自己编写"模拟题"。在《白居易集》中有 13 篇赋，除了《宣州试射中正鹄赋》和《省试性习相近远赋》两篇是他的考场应试"作文"之外，其余如《求玄珠赋》《君子不器赋》等基本都是他平常的模拟作文。当然这只是保存下来的，还有大量没有保存下来的格律赋。

我们来看他的平时习作——《汉高皇帝亲斩白蛇赋》节选：

高皇乃奋布衣，挺干将。攘臂直进，瞋目高骧。

一呼而猛气咆哮，再叱而雄姿抑扬。

观其将斩未斩之际，蛇方欲纵毒蛰，肆猛噬。

我则审其计，度其势。口噪雷霆，手操锋锐。

凛龙颜而色作，振虎威而声厉。

荷天之灵，启神之契。举刀一挥，溘然而毙。

不知我者谓我斩白蛇，知我者谓我斩白帝。

于是洒雨血，摧霜鳞。涂野草，溅路尘。

为了应试，同时也为了行卷的时候拿出更震撼的作品，白居易也是拼了。谁让唐朝的科举考试那么"卷"呢？

考中进士之后的白居易，不想再等守选期的三年，他准备挑战吏部的超难科目——"书判拔萃科"考试。

05 没有人能随随便便成功

为了提高应试能力，现实派而非浪漫派的他主动出击，强化训练，制定了一系列严格缜密的备考计划："三年真题，五年模拟"。

一是突出重点，硬啃难点。书判拔萃科在书法和文采方面都有严格要求，对已经通过进士科的白居易来说，只是小场面。现在的重点是"判"，巧断案，写判词。在一年的时间里，他专门收集历年真题，各地案件，仔细揣摩，认真研究。熟悉考试题型，提高解题能力。

二是实战演练，总结技巧。他先以考官的身份出题，模拟编写诉讼案件、民事纠纷等方面的考题，然后再以考生的身份答题，作出断案分析，依据法律法条进行追责量刑。

不知不觉之中，白居易创作出了上百道判词模拟题，这就是之后风靡京城的"唐朝吏部考试题库参考资料""书判拔萃科优秀作文选"——《百道判》。

经过魔鬼般的刷题训练，白居易以甲等的成绩顺利过关。在当年通过吏部铨选与科目选的八个人中，只有他一个人敢于挑战并通过了书判拔萃科的考试。他条理清晰、写作规范的"应试作文"一下子火爆京城，成了考生们争相模仿的范文。"白居易满分作文选""白氏应考指南"等辅导资料满天飞，甚至以后吏部的考试评分，都以他的判词为参考标准。

同场考生元稹也投来了羡慕的眼神，白同学，你是怎么做到的？教教我呗！

想要知道我怎么做到的，咱们边吃边聊，共同探讨。

通过吏部考试以后，元稹和白居易同时进入秘书省，担任清闲而又显贵的校书郎工作，成为皇家图书馆的编辑。按理说，元稹在吏部的考试中只获得了第四等的成绩，不太可能和考霸白居易分在同样的工作岗位。虽然历史没有记载，但我们可以推测，他身份显赫的老丈人肯定帮了忙。拿出考试成绩是客观题，背后走动关系乃是主观题。

既是同科考生，又是亲密同事。一番相处下来，两人发现对方都跟自己太像了，同样的性格，同样的主张，同样的风格，同样地现实。不喜欢夸夸其谈，不喜欢故作深奥，都有清晰的目标与方向，并且为了达到目标有着付出全部心血的坚持与执着。他们不像李白那样沉迷想象，也不像杜甫那样唉声叹气。元稹羡慕白居易的应试能力，白居易喜欢元稹的创作风格。

从此以后，你我就是最好的朋友，永不分离。

秘书省的工作轻松，时间很多，他们研究写作技巧，总结经验，共同发起了新乐府运动。西汉设置乐府机构，专门给皇帝与宫廷创作流行歌曲，歌词有些来自民间百姓的田埂地头，有些来自文人墨客的手中笔尖，通俗易懂，反映现实。白居易等人主张恢复乐府采集诗歌的传统，从老百姓的生活中收集素材，创作诗歌，让皇帝官员们欣赏的同时，也能了解社会现实，为治国理政提供参考与借鉴。

诗歌就要让大家明明白白愿意唱，不要像雾像雨又像风，朦朦胧胧看不懂。

也许是不想只做一个图书管理员，也许是没有快速晋升的机会，白居易又开始忙活了，他准备参加朝廷的制科考试。元稹一听，好想法！咱俩一起备战。于是，元稹暂时抛开了家中的娇妻，和白居易一起组成"制举应试备考二人小组"。

制举是特殊的临时性科举考试，时间、科目、名字都不像常规的科举那么固定。皇帝哪天心血来潮，立个名头，来，今天弄场考试，朝廷缺人手。没有功名的寒门子弟、在职基层官员、科举出身或其他出身而暂时没有得到官职的人，都可以参加。普通人或者待编文人考中的，可马上入编任职，无须再遭受吏部铨选考试的蹂躏。在职官员考中的，立即升职加薪，前途无量。

这种考试的叫法五花八门：才识兼茂明于体用科、识洞韬略堪任将帅科、贤良方正直言极谏科等。皇帝想怎么叫就怎么叫。

制举主要是选拔有远见卓识的高级政治人才，通常只考策问，类似现在公务员考试中的申论，以皇帝名义提出时事政治方面存在的问题，考生写出相应的对策和解决方案。

通过制举，也能弥补明经科出身的遗憾。在中唐、晚唐时期，从明经科进入官场的人往往会受到文人们的歧视。据说，元稹考中明经科之后，想要去拜见自己的偶像——李贺，一路上，他都想着那首著名的《雁门太守行》："黑云压城城欲摧，甲光向日金鳞开。角声满天秋色里，塞上燕脂凝夜紫。半卷红旗临易水，霜重鼓寒声不起。报君黄金台上意，提携玉龙为君死。"越揣摩，越佩服，同样是文人，小李咋就写得这么棒呢？

结果，来到李贺住处的元稹却吃了闭门羹。自信高傲的小李只甩出一句话："明经及第，何事来见李贺？"一个明经出身的人，哪有资格来见我？我跟他探讨什么？如何背诵孔老夫子的经典文章吗？那玩意儿，我扫一眼就会背了，还用考试？

元稹的自尊心被捏得粉碎，脸色惨白，青筋突出。从此以后，他与李贺成了死对头。

这个故事并没有什么史实依据，十有八九是后人编出来的，用意很明显：你一个明经科出身的人还配显摆吗？说明当时文人们心中也有鄙视链，进士科出身的人才是顶尖的正宗人才。即便屡战屡败，也得屡败屡战，万一考上了，啥都有了。

元稹当然想要为自己的才华和智商讨个说法。

为了专心"刷题"，他和白居易来到了京城附近的道观——华阳观，"闭关修炼"，仔细揣摩，共同探讨研究考试特点、形式、内容，做到心中有数，考试不慌。每天除了吃饭睡觉，就是研究真题、预测猜题、模拟考试、订正错误、总结技巧。他们根据国家存在的政治、经济、文化、水利等各种问题，全方位、无死角地预测出多个"作文题目"，分门别类，有针对性地训练。后来，白居易将这个时候创作的七十五篇模拟作文编成了另一本畅销的"作文辅导书"——《策林》。

元白二人在简陋的道观里拼命做题，同吃同住，结成了牢不可破的革命友情。机会是留给有准备的人，天天喊着"治国平天

下""致君尧舜上"，不如埋头去苦读，刷题战考场。

唐宪宗元和元年（806）四月，他们参加了皇帝组织的制举——"才识兼茂明于体用"科考试。

元稹在考霸白居易的辅导下居然超越了考霸，拿下了第一名（常举的第一名称为状头或状元，制举的第一名称为敕头），这也是他毕生感谢白居易的原因之一。制举成绩突出，得到的官职自然也会比较高，元稹被授予左拾遗，从八品。而白居易也拿了很好的名次，出任周至县尉（在京城长安附近，算是比较好的地方）。

元稹用事实证明他并不比进士科出身的人差。从此以后，他怀揣"制举毕业证的硬通货"和"情诗写作的软黄金"，在官场和情场如鱼得水，最高光的时刻，还成了宰相，受到众多才女、才子们的仰慕。

除了元稹、白居易，还有一位著名诗人在制举的考试中顺利通过。

开元年间，大唐走上了鼎盛时期，整个社会朝气蓬勃。文人们斗志昂扬，不是前往考场，就是前往战场。有人想通过笔点评天下，有人想通过刀建功边疆。一个年轻人正出生在这个积极奋进的时代，他充满了干劲，勤奋苦读，四处游历，远赴边塞，想要通过最快的途径——建立军功而飞黄腾达。

第一次出塞，塞北已经安定，他没有施展才能的机会。听说唐玄宗游览河东，他立即赶往河东，写了一篇《驾幸河东》为皇帝歌功颂德，却石沉大海，无人回应。他又向吏部侍郎李元纮行卷，写了《上李侍郎书》，请求李大人给予破格提拔。可是，黎明依然静悄悄。

无奈的年轻人又踏上了第二次出塞的路，做过节度使的幕僚，却没有赶上好时候，处于强盛时期的大唐无人敢惹，也无人挑衅。没有规模大的战斗，也就不可能建立丰功伟业。年轻人的梦想再一次破碎。但任何经历都是人生的宝贵财富，因为见过大漠苍凉壮阔的风景、听过边疆残酷血腥的战斗、走过一望无际的戈壁，他在诗歌创作的"战场"上游刃有余，妙笔生花。一首首具有时代昂扬之气和边塞战斗激情的诗歌奔涌而出。

出塞二首（其一）

秦时明月汉时关，万里长征人未还。

但使龙城飞将在，不教胡马度阴山。

从军行七首（其四）

青海长云暗雪山，孤城遥望玉门关。

黄沙百战穿金甲，不破楼兰终不还。

从军行七首（其五）

大漠风尘日色昏，红旗半卷出辕门。

前军夜战洮河北，已报生擒吐谷浑。

……

从此以后，王昌龄带着他刚劲有力的诗歌走进了大唐的顶级才子圈。

两次出塞"找工作"无功而返，王昌龄有些失落，也开始反思："早知行路难，悔不理章句。"早知道从军这条路子这么难走，我为何不静下心来准备考试呢？

打出了名气，拓宽了朋友圈，现在缺的是应试技巧。政治清明，考试有戏。王昌龄隐居在京兆府蓝田县石门谷，刷题备考。第二年，也就是开元十五年（727），他在考试中一举成功，进士及第。有些研究资料说他马上就担任了秘书省校书郎，这种可能性极小。唐朝科举研究专家傅璇琮先生在《王昌龄事迹新探》中指出：王昌龄于开元十五年进士及第，未授官，当年九月又应"高才沉沦、草泽自举"制举而未中，开元十九年（731）中博学宏词科（科目选）授校书郎，开元二十二年（734）再中博学宏词科（应该也是科目选），迁汜水尉。

笔者个人比较赞同这个说法。因为在唐朝考中进士以后，还有三年的守选期，然后才能参加吏部的铨选。新科进士不太可能立即进入官场。当然，守选期间如果碰到朝廷举行制举考试，进士们也可以参加。

王昌龄在三年之后，没有选择吏部的常规铨选，而是参加了难度较大的科目选——博学宏词科考试。成功通过之后，被朝廷授予校书郎（类似于皇家编辑）。也许是嫌校书郎职务过于清闲，也许是始终无法升职，他又在开元二十二年，参加了博学宏词科考试（在职人员卸任现任官职之后，也可以参加）。

这种考试除了考文采，也考判案。《全唐文》里收录过王昌龄的两则判文：《大斗酌酒判》和《对荐贤能判》。以王昌龄顺利通过考试的结果来看，他肯定像元稹、白居易那样认真刷过题，备过考。因此，在这次考试中成绩优秀（"超绝群伦"），担任汜水县尉。汜水离京城长安"都市圈"不是太远，只要干得好，升职的速度也会更快。如果不是在科目选考试中获得高分，应该很难得到这样的职位。

但是，考霸和才子未必能适应左右逢迎、机关算尽的官场。

06 为什么受伤的总是我

很快，大大咧咧的王昌龄因为得罪了人而被贬到了遥远的岭南地区。第二年，因为天下大赦又返回长安，在路过襄阳的时候，拜访了好友孟浩然，结识了李白。到了京城之后，被朝廷任命为江宁（今江苏南京）县丞（地位仅次于县令，比县尉高那么一点）。

可是，有个性的人在讲究报团取暖、编织关系的古代官场，很容易被视为另类分子。非我族类，其心必异。你不去惹别人，别人也会陷害诋毁你。这是制度的问题，并非只是王昌龄性格的问题。一个良好的制度应该能容忍各种各样性格的人存在，而不是把人统统"压缩"为懂交际、会说话的一种人。王昌龄因为不拘小节而遭受谗言，被贬为龙标（今湖南地区）县尉。

好友李白听到消息后，发来"慰问函"——《闻王昌龄左迁龙标遥有此寄》："杨花落尽子规啼，闻道龙标过五溪。我寄愁心与明月，随风直到夜郎西。"唉，昌龄兄，让我的精神跟着你一起去吧，路上也好有个伴。

"安史之乱"突然爆发，王昌龄返回江宁。在路过亳州的时候，却被刺史闾丘晓所杀。至于原因，史书没有详细记载。王昌龄一向心直口快，容易得罪人，碰到个心胸狭窄、脾气暴躁的人，必然会遇到不测。

一代才子就这样窝囊地死在求职的路上。

但是，恶有恶报，不是不报，时辰未到。睢阳城被叛军围住，守将张巡死战不退。河南节度使张镐命令睢阳附近的闾丘晓率兵救援，可是闾丘晓胆小怕死，不愿出兵，最后贻误战机，导致睢阳被安禄山属下尹子奇攻陷。等到张镐与高适等人的队伍汇合之后，前来救援时，睢阳已成了一座空城。

张镐大怒，命人绑来闾丘晓，准备杀一儆百。

闾丘晓像小鸡啄米一样地磕头求饶，也不是只有我一个人没来救援啊，为什么只杀我？请您看在我上有老、下有小的份上，饶了我这一次吧！早就从高适口中听到王昌龄冤屈的张镐火大了，你有父母要养，那王昌龄的父母谁来养呢？

没说的，直接杖毙！

闾丘晓也为他的自私和狭隘付出了代价。

在科举考试中，也有人通过进士科之后，却在吏部的铨选环节中败下阵来，功亏一篑。

他在遍地才子的大唐并不起眼，流传下来的诗歌也不多，记载他生平事迹的史料少之又少。但是，一首《枫桥夜泊》足以让他名垂千古，让后世人记住了他的名字——张继。

根据《唐才子传》记载，来自湖北襄州（今湖北襄阳）的张继于天宝十二年（753）考中了进士，但是很不幸，他在铨选考试中落榜了，"然铨选落第，归乡。"

至于他是直接参加了科目选，还是三年以后参加的常规铨选，史料没有明确记载。有可能参加了第二年的科目选，也有可能参加了三年以后的常规选。天宝十四年（755）12月爆发了"安史之乱"，而每年年初是吏部铨选的日子。张继也许是在三年守选期过后的天宝十五年（756）参加了考试，却没有考中。这也不能完全怪他，叛军濒临城下，京城人心惶惶，谁还有心思录取人才？当年六月份，唐玄宗就仓皇地逃亡了。

皇帝都跑了，平民百姓还能去哪儿？南方还比较稳定，很多文人去了江苏、浙江一带避乱。张继很抑郁，好不容易考中了进士，偏偏在铨选考试中失败。失败就失败吧，放在和平年代，还能继续"复读"重考。现在可倒好，战乱一起，朝廷节节败退，天下何时才能安定？

"安史之乱"打破了文人们眼中的盛唐崇拜，击碎了他们的昂扬精神。"稻米流脂粟米白，公私仓廪俱丰实"也挡不住"一骑红尘妃子笑"，"九天阊阖开宫殿，万国衣冠拜冕旒"秒变"渔阳鼙鼓动地来，惊破霓裳羽衣曲"。

繁华落尽，何去何从？一人漂泊，手足无措。

秋天的晚上，张继乘着小船来到了苏州城外的枫桥。半夜时分，天空与河面笼罩着寒冷的雾气，他不由地紧了紧身上的衣服。水边的树上传来了几声乌鸦的啼叫。夜，无尽的黑夜，静得可怕，还是躺下来睡会儿吧！渔船上闪烁的点点星火，照着江边摇动的片片红叶，斑驳的投影射进了船窗，仿佛无数只手，来回拉扯着张继那无边的愁绪。孤舟和心都随风摇曳，七上八下，教我如何睡得着？姑苏城外寒冷的山上，一座孤独的古寺中，响起了沉沉的钟声，犹如水上的涟漪在耳边反复荡漾。

哎，挥不走的愁绪，像鬼爪一样牢牢地抓住了他。寒夜，冷风，渔火，树影，深山，古寺，客船，这种冷色调的"混搭方式"，让原本已经苦闷的诗人"悲伤逆流成河"，辗转反侧。陌生的地点，寂寞的旅客，前方的路到底该怎么走呢？

张继写下了《枫桥夜泊》，在无尽的黑夜之中，也有了属于他的一颗流星划过。

"安史之乱"平定之后，张继做过幕僚、检校郎中、盐铁判官等。只可惜，天下太平了，他的身体却垮了，在盐铁判官的任上一年多，他就在贫病交加中去世了。

不仅仅张继，晚唐著名诗人皮日休也曾在铨选中失败过。

皮日休在咸通七年（866）参加了进士科考试，没有考中，

哎，冷色的服装，灰色的心情，黯淡的前途。

第二年抖抖身上的晦气，继续奋战，幸运地以最后一名光荣入榜，好歹有了一个正经的进士身份。为了绕过守选期，他于咸通九年（868）春天，参加了吏部的博学宏词科选拔考试，却换回八个字："精神可嘉，继续努力！"

感慨不已的他写下了《宏词下第感恩献兵部侍郎》："分明仙籍列清虚，自是还丹九转疏。画虎已成翻类狗，登龙才变即为鱼。空惭季布千金诺，但负刘弘一纸书。犹有报恩方寸在，不知通塞竟何如。"侍郎大人，我虽然没考中，但还是很感激您，只是我不晓得未来的路，该怎么走了，唉!

在唐朝，除了考试，文人们的另一条出路是做节度使或者地方长官的助手、秘书等。因为唐代特殊的幕府制度，地方长官奏请朝廷以后，有资格任命亲信、名人担任自己的属下官员。而没有编制的新科进士或其他科目的新录取人员在守选期之内，可以担任幕僚或助理，先干工作再"考编"。但这样的官职一般都不会太高，升迁也会受很大影响。想要拿到国家承认的"官员资格证书"，及第的考生们还是得参加吏部考试。

皮日休幸运地被苏州刺史聘任为从事，有了一份比较稳定的工作。

除了科举考试、幕府招聘，唐朝文人还有其他的方式可以求职，但基本都是为有关系和背景的人准备的。

比如门荫入仕，高官子弟才能享受的"拼爹拼爷"捷径，只有三品以上官员的曾孙、五品以上官员的子孙、二品勋官（颁给有功官员的荣誉称号，没有实职）的儿子才有这样的特权，六品以下就别做梦了；流外入官，中下级官员（六品以下、九品以上）子弟可以享受，各级政府部门有很多抄写、记账、管钱管粮的杂事，有点类似现在事业单位干的活，需要一定的专业技术。必须书法写得好（不然谁找你抄写）、懂得计算（记账管钱需要），思想品德、时事政治也得过关。

门荫官和流外官在唐朝统称为"杂色"，跟正规科举出身的人有区别，一个是杂牌军，一个是正规军，面子和地位都不一样。杂牌军拼爹更容易，每年入选做官的人数跟科举做官的人数比例大概是十比一。流外官是唐朝选拔中下级官吏的重要方式，但走入权力中心的机会很小，升职也会受到一定的限制。皇帝腾出职位给官僚子弟，但又不想他们形成强大的集团势力。都拼爹了，还有几个人会认真干活呢？于是，皇帝越来越重视科举出身尤其是来自寒门的人，一来这样的人的确有才华，二来也相对听话，三来他们的背后没有太过复杂的关系。

除了科举、门荫、流外三种进入体制内的方式，还有武功（击剑耍刀有本领，上得战场干得保镖）、伎术（舞蹈、建筑等技术在手，吃饭不愁）、荐举（在职高官喜欢你，举荐你，比如卢纶）、辟署（地方官员或节度使招聘你做助理、秘书、参谋）、外戚（家中有美女，皇帝娶回宫，比如杨国忠）、宦官（欲练此功，必先自宫）、征召（想要此召，皇帝知晓，比如卢藏用），等等。

很多落榜的、等编的、被贬的文人也会忙着通过荐举、参军、辟署等方式找工作，而有些"拼爹"进入官场的文人，其实也在很努力地工作。

07 "拼爹"的我，也很努力啊

躺在墓坑中的诗人感受着泥土的潮湿与无尽的黑暗。哎，其实想通了，也没什么，这不就跟睡觉一样吗？两眼一闭，再也不起。想来也挺搞笑，从古至今，哪有文人搞个"地狱一日游"，亲自体验躺在坟墓里和阎王爷握手的感觉呢？

但我又能怎么办？病痛已将我折磨得不成人形，官场早就没了晋升的可能，朋友们也都离我而去，谁愿意结交一个没有价值、没有前途的人呢？

他是幽州范阳（今河北涿州）人。别小看范阳，在隋唐时期，这里可是名门望族的"核心产区"。因为这里有一个极为有名的大族——范阳卢氏。卢氏家族原来姓姜，是齐国创始人姜子牙的后裔，因封地在卢邑而改姓卢（这在春秋战国时期很正常）。后来齐国被齐国田姓大臣和平演变了，成了田家的"垄断性公司"，这便是战国时期的齐国。国家还是那个国家，国王却不是那个国王，姜姓子孙得靠边站了。

祖宗的江山被人夺了，待在原地也不太好过，那就找个地方安生吧！

去哪里呢？

先到附近的燕国、赵国找找，走走停停，一伙人发现燕国的涿县（今河北涿州）不错。这里一马平川，良田沃野，风景优美，水草丰茂，是居家旅游的最佳场所，就是它了！于是卢姓大部分人聚居在这个地方，一边耕种，一边读书，子子孙孙繁衍生息，齐国灿烂的文化传承不断。

秦朝时期，郡县制正式取代了分封制，涿县属于范阳郡管辖。在书比黄金还稀少的时代，平民百姓也许一辈子都看不到一根竹简，更别提跟着老师读书识字了，谁掌握了知识，谁就掌握了权力。然而，从齐国来到此地的一群人受过"高等教育"，被称为"范阳卢氏"。因为始终注重文化教育，卢氏一族不断出现各类顶级人才，"代代出名士"，比如东汉名儒卢植，历史上配享孔庙的28位大儒之一，千年才有这么几个人。魏晋南北朝至隋朝，范阳卢氏之中，为高官者不计其数，光宰相就有10个，另外像卢惠能(惠能大师，禅宗六祖)这样的文化名人更是数不胜数。历朝历代皇帝的女儿也抢着跟"范阳卢氏"的男人成亲，唐代李世民将"崔、卢、王、谢"列为天下四大家族，卢氏成为天下一流豪门。在晚唐时期，一部分卢氏族人为了躲避战乱，阴差阳错地跑到了朝鲜半岛。当地的国王见到大唐名门的人过来，立刻给予高官厚禄，卢氏家族在韩国也站稳了脚跟。韩国前总统卢泰愚和卢武铉就认为自己是"范阳卢氏"的后代。

但是，卢氏家族好比一个大公司，也有很多的分支机构，有的分支机构实力强，有的分支机构实力弱。到了初唐，躺在坟墓里体验死亡滋味的那个诗人，已经不算显赫。只是相对于底层文人，家里钱财和关系还是有的。

他自幼勤奋读书，十岁便到江南跟随"特级教师"——文学大儒曹宪、经学专家王义方学习，听他们讲授《三苍》《尔雅》以及各种经史书籍。渐渐地，他成了一个博学多才、善写文章的才子。那就按照唐朝文人的既定路线，向都城长安出发，向高官与名人献诗歌、献文章，写自荐信，以求得一官半职。在唐朝初期，科举考试还没有受到文人尤其是豪门出身者的特别关注。一是初唐的时候，科举考试的科目尤其进士科的录取率很低，考试并不是进入官场的主要通道。官员子弟们可以拼爹拼爷找工作，中下层文人通过跑关系、献文章而被达官贵人荐举，然后从秘书、助理等职务干起，逐步往上升。二是初唐很多宰相出身豪门望族，他们并非通过科举考试走入官场的。盛唐、中唐以后，宰相、高官很多都是进士出身，因而进士科才越来越受到人们的重视。

因为自带才子耀眼光环和卢氏家族背景，他很快找到了贵人——朝廷大臣来济。看到年轻人的诗歌与文章，想到"范阳卢氏"强大的社会关系，说不定哪个朝廷重臣就跟他们有着千丝万缕的关系呢？来济立即竖起大拇指，好样的，卢家又有一颗冉冉升起的明星人物了。

从此以后，长安城的达官贵人茶余饭后出现了新的谈论对象——卢照邻。

唐高宗的叔叔邓王李元裕身边正缺一个得力干将，他直接开出条件：小卢，你有才，我有权，要不来我王府做典签（类似于秘书），如何？

能给王爷做助理，离接近皇帝的日子还会远吗？而且，李元裕尊重文化与文人，还是著名的藏书家。既能得到工作机会，又能读到民间见不到的书籍，干吗不去？卢照邻意气风发，迎来了人生的高光时刻。李元裕对他很满意，逢人就夸："小卢就是我的司马相如啊！"

从此以后，邓王到哪里做官，卢照邻就到哪里。梁州、襄州、寿州、兖州……开阔了视野、扩展了胸襟的他写出了气势非凡的诗歌。比如："将军出紫塞，冒顿在乌贪。笳喧雁门北，阵翼龙城南。雕弓夜宛转，铁骑晓参驔。应须驻白日，为待战方酣。"（《战城南》）

将军骑马出长城，短兵相接战冒顿。一夜厮杀未停歇，浴血奋战献衷心。

诗中透着初唐积极昂扬的气象和文人胸怀天下的自信。

可惜，这种自信与斗志却被接二连三的变故击得粉碎。

武则天为了走上权力的巅峰，对李氏家族的人和各路反对派进行了血腥镇压。随着反对武则天成为皇后的来济被贬出权力中心和李元裕的去世，卢照邻也失去了靠山，从王府典签成了益州新都（今四川成都附近）尉（县尉，县令的助手）。

个性十足、名气震天的人一旦失去背景，就会招来周围人的嫉恨，尤其他还时不时写文章讽刺一下他们。比如他曾经写了《赠益府群官》，其中"不息恶木枝，不饮盗泉水。常思稻粱遇，愿栖梧桐树。智者不我邀，愚夫余不顾。所以成独立，耿耿岁云暮。日夕苦风霜，思归赴洛阳"的诗句，摆明了就是看不起那些逢迎拍马的同僚："我懒得跟你们这种庸碌之辈在一起。""唉，咱什么时候才能回到洛阳，摆脱这帮恶心的小人？"

很快，卢照邻便遭到了别人的陷害，被打入大牢。至于他为何被人陷害入狱，有传言是因为写了《长安古意》而惹得武三思不痛快，但这并没有明确的证据。

家人们散尽家财，也没起多大作用，最后，在朋友的帮助下总算逃过一劫。也许是牢内的折磨和惊吓，让卢照邻患上了令他痛苦后半生的风疾（类似于中风，突然头痛、眩晕、肢体震颤、麻木，严重的还会导致口眼歪斜、言语不利、走路不稳等症状）。此时，他的病情还不算严重，但是，从此以后，卢照邻从为了工作而忙碌转变成了为治病而忙碌。

随着病情的加重，卢照邻四处求医，在长安碰到了孙思邈，一番交谈之后，他对"药王"佩服得五体投地，要不我跟着您学医吧？就这样，卢照邻成了孙思邈的弟子与邻居。但是，"药王"也不是神仙，对风疾心有余而力不足，而且名声在外的他时常被唐高宗找去看头疼病，或者被达官贵人邀请去治疑难杂症。每当这个时候，卢照邻就只能在山中独居养病。

看着庭院里一棵有些枯萎病态的梨树，他想到了自己：病梨树不正是我吗？长不粗，花又少，枝叶凋零，孤苦无依，唉！感慨万千的卢照邻写下了《病梨树赋》：

> 余独卧病兹邑，阒寂无人，伏枕十旬，闭门三月。
> 庭无众木，惟有病梨一树，围才数握，高仅盈丈。花实
> 憔悴，似不任乎岁寒；枝叶零丁，才有意乎朝暮……树

犹如此，人何以堪？有感于怀，赋之云尔。

　　在重大的疾病面前，任何自信昂扬的人都会失落悲伤，谁还有心思在乎政治前途呢？

　　不行，我要治病，想尽一切办法！

　　不甘心躺在床上的卢照邻到处寻医问药，终于碰到了一个世外高人，赠给了他"玄明膏"。服用之后，他的身体有些好转。可此时，父亲去世的消息传来，卢照邻悲痛欲绝，突然呕吐不止，导致病情加重。他又跑到关外的东龙门山寻找高人，但当时的医疗条件有限，吃了别人给的"金花子丹"，反而因为药不对症，使得脚不能伸直，一只手也动不了（疾甚，足挛，一手又废），身上还长了褥疮。

　　此刻的卢照邻已经陷入了深深的绝望，如果身体僵硬地躺在床上，跟一个活死人有何区别？不，我不能这样活着，堂堂大好男儿即便不能建功立业，也不能成为他人怜悯的对象，更不能成为家人的负担和累赘。

　　卢照邻在具茨山（今河南省中部禹州市、新郑市、新密市三市交界处，属于伏牛山余脉）下，买下了几十亩田地，引入颍水环绕住宅，并为自己提前造好了一座坟墓。在一个风和日丽的日子里，他与死亡来了一场近距离的亲密接触，写下了《释疾文》《五悲文》等诗文。

　　疾病往往比贬斥更容易击倒一个英雄。下面一个"富二代"生活得虽然比较潇洒，但也是被疾病夺走了生命，不然的话，大唐还会留下更多精彩绝伦的诗歌。

他出身于官僚世家，祖上也算是名门望族，家里的积蓄应该不少。因此，年少的他过得无忧无虑，除了学习文化知识，还报了个"课外辅导班"：学习击剑和武术。时不时跟人比划比划，正是这个业余爱好，让他诗歌里总是透着普通文人少有的豪气。

他就是侠客式的文人——王之涣。

能文能武，还有背景。不用参加科举考试，依靠门荫制度，他成了冀州衡水主簿（管理文书、档案、印章等，县令的助理）。通过门荫入仕的人，一般很难再参加科举考试，毕竟你不能吃着碗里的，还惦记着锅里的，跟科举考生抢饭碗。

王之涣虽然靠"拼爹"进入了官场，却很有能力和才华。工作之余，写写诗歌与文章，比如《宴词》："长堤春水绿悠悠，畎入漳河一道流。莫听声声催去棹，桃溪浅处不胜舟。"桃花溪也载不动那离别的愁绪。

冀州衡水县令李涤看着这个属下，很满意，小王就是侠义与智慧的化身、英雄与诗人的结合啊！待遇留人，不如感情留人，做我女婿如何？

就这样，王之涣开开心心地娶了上司的女儿，优哉游哉地生活着。

可是，没过几年，他遭人诬陷诽谤。一气之下，直接裸辞。大爷我又不差钱！为了五斗米，斗来斗去，相互陷害，我还不如回家读读书，旅旅游。这一走，就是十多年！在这段时间里，王之涣专心创作，交友唱和，写出了惊艳世人的诗歌。比如《登鹳雀楼》："白日依山尽，黄河入海流。欲穷千里目，更上一层楼。"想要看尽世间的风景，必须要站得更高，何必困死在小小的官场？

虽然没有前往过一线战斗现场，但内心长期积聚的侠义之气让他的边塞诗有了灵魂。《凉州词》一出，天下震动。"黄河远上白云间，一片孤城万仞山。羌笛何须怨杨柳，春风不度玉门关。"从白云之间飞奔而下的黄河水，滚滚向前。在万丈悬崖之上，一座孤城毅然耸立，仿佛一位在夕阳之下的侠客，孤独地离去，留下了神秘的背影。

王之涣直接进入了"四大边塞诗人（其余三人为岑参、高适、王昌龄）"的行列。

在家躺平太久了，也有些无聊，正好有个好朋友过来极力劝说，老王，你这么有才，不去做官可惜了。王之涣点点头，虽然咱不缺小钱，但出来活动活动筋骨也好嘛！于是，他又成了文安县尉。

既然干一行，就要爱一行。在家可以躺，在工作岗位上不能躺。古代官员日常做得最多的事情就是处理民事纠纷了，而王之涣似乎很擅长这样的工作。

一天，有个三十多岁的妇女前来报案。她的公婆去世之后，丈夫常年在外经商，家中只有她和小姑一起生活。昨天晚上，她在邻居家碾米，回到家时，听到小姑子喊救命，就赶紧跑进屋内，里面黑漆漆的一片。突然，她撞到了一个高个子的男人，立即拼命用手抓过去，一边抓，一边喊。男人忍着剧痛，用力地推开了妇人，快速逃走了。

等到妇人点亮油灯，吓得呆住了，只见小姑子的胸口扎着一把剪刀，人已经断气了。

听完报案人的叙述，王之涣已经迅速做出了判断：家里养了狗，而狗却没有叫，肯定是熟人作案；妇女在厮打过程中抓伤了对方，背上肯定有抓痕。

锁定目标：高个子，熟人，背部有伤痕。王之涣组织属下一一排查，很快便破了案。

为官清廉、公平正直的王之涣受到了当地百姓的爱戴。只可惜，最终疾病夺取了他的生命，五十五岁便去了天上人间。

08 你们拼爹，我拼我妹

有些不学无术的人，比如杨国忠，他既没有考试才能，又没有"拼爹"可能，但他有个好妹妹——杨玉环。

他并不是贵妃杨玉环的亲哥哥，只是远房的一个堂兄，原名叫杨钊。年轻时候的他嗜酒好赌，是乡镇一条街上有名的混混。但此人也有特长：赌技高超，善于攀附。在贫困的时候极力巴结、依附权贵鲜于仲通，被推荐为扶风县尉。杨玉环被册封为贵妃之后，"一人得道，鸡犬升天"，七大姑八大姨也都跟着富贵。杨钊自然不会放过这个千载难逢的机会，对杨氏姐妹百般讨好，仔细研究分析她们各自的兴趣爱好，并一一记录在案。然后根据杨氏姐妹们的喜好进贡不同的新鲜玩意。

几个女人笑了，这么多自家人，还是"小杨哥"最有眼力见儿，要不给他弄个更大的官做做？将来可以更好地为咱们服务嘛！凭借杨贵妃的枕头风，杨钊得到了唐玄宗赏识，被任命为金吾兵曹参军，负责皇宫的保卫工作，可以随便出入皇宫。

很快，他尽情发挥自己"三个必须"的才能：对上面必须"不要脸"（完全失去自我），对权力必须"不放手"（不要别人插手），对享乐必须"不低调"（有钱就要任性）。

首先，必须"不要脸"。

唐玄宗喜欢什么，他就做什么，哪怕让他学狗叫，他也会叫得像模像样，活灵活现。不到一年的时间，他就身兼十多个职位，从小混混逆袭成朝廷重臣。为了显示自己的忠心，他厚着脸皮求唐玄宗给自己改名。陛下，微臣这个名字取得实在不好，"钊"字里带有金刀，我每天站在您身边，一想起这个"钊"字，就感觉对您不敬。您是大唐第一才子，可否给小的重新取个名字？

玄宗心花怒放，这个奴才还真是忠心耿耿，那就展示下朕的才华，赐个"国忠"吧！从此，杨钊便成了杨国忠。李林甫死后，唐玄宗任命杨国忠担任右相（宰相里的一把手），还让他身兼40多个职位。

其次，对权力必须"不放手"。

杨国忠不断集中权力到自己的手上，选官不论贤与不贤，年头多的就留下来，按照资历，有空位子就上。什么进士出身？什么才子？我不会写诗，不照样成为宰相？要能力干吗？听话就行。那些没能力、无政绩的人总算多年媳妇熬成婆，自然对杨国忠百般崇拜与维护，成了他最忠实的粉丝与捍卫者。

按照惯例，选官的具体工作应该交给侍郎以下的官员办理，手续十分严格繁琐，考察的时间也很长，须经三注三唱，反复进行，从春天至夏天，才能完成整个程序。杨国忠觉得这样效率太慢，看我的！

他把负责人事的官员全部喊到家里，当着这些人的面，像报菜单一样，读一个名字就定一个人的官，一天把所有空缺的官职都补上了。接着，厚颜无耻地表示：任命的时候，人事官员都在的啊，我没有自己一个人擅自做主吧？

就这样，杨国忠竟然给皇帝留下个办事高效的好印象。好比几天翻修一条路，一个月搞个大基建，不管是不是豆腐渣工程，反正看起来立竿见影，雷厉风行。

他认为，只要让皇帝顺心、开心，就是臣子最大的才能。自己把国家治理得看起来很好，报喜不报忧，让皇帝觉得，自从有了小杨，再也不用担心国家未来的方向。这下我就放心了，跟心爱的贵妃"你是风儿我是沙，缠缠绵绵到天涯"。

有一年，关中地区连续发生严重水灾和饥荒。唐玄宗担心会伤害庄稼，杨国忠便叫人专拿好的庄稼给皇帝看。我朝有如此英明神武的陛下，雨水怎么会伤害庄稼呢？您看，这庄稼长得多好？啧啧，啧啧，真是祥瑞之兆啊！您负责跟贵妃"购物潇洒"，我来负责"买单刷卡"。您就别操心了，伤神！

玄宗信以为真，有我这样的皇帝在，怎么会有灾荒呢？

一个小县令火急火燎地奏报当地的水灾情况。杨国忠一听，眉头紧皱，嗤之以鼻。哪来的不懂事的家伙？你一个七品芝麻官知道什么是国家大事吗？在这里咋咋呼呼，还不快滚？小县令被一顿拷打之后，再也没人敢来汇报不好的消息，导致"安史之乱"爆发的时候，朝廷与皇帝竟然不知道。

最后，对享乐必须"不低调"。

在李林甫陷害太子李亨时，杨国忠等人充当党羽，积极参与其中，屡兴大狱，株连太子的党羽数百家。因为是皇亲国戚，胆子又大，杨国忠始终冲在陷害太子党的最前沿。李林甫死了以后，杨国忠一手遮天。有钱了，有权了，不干正事，总要找点乐子，怎么铺张怎么来，就是要让大家看看我怎么这么有钱，我就是这么有钱！

玄宗每年十月，要到华清宫跟心爱的贵妃开展温泉戏水的小游戏。在去的时候，由杨家姐妹陪同。大家提前到杨国忠家里汇合，每家人编成一个队伍，穿一种颜色的衣服。几个队伍的人相互攀比，相互斗富。看看谁戴的金银漂亮，谁的服装设计最超前。一行人浩浩荡荡迈向华清宫，把大街当成了"T台"，引领全国上下奢靡享乐的时尚新潮流。

杨国忠不满足单纯的走秀，别人玩过的我不玩，太没水平了。于是，他又想出了新花样。在冬天寒冷的时候，他挑选那些身高体胖的婢女和小妾，一个挨着一个站立在他面前，组成人墙。一方面可以遮挡冷风，另一方面可以"藉人之气相暖"，用女人的身体做成暖气片。杨国忠还给这个"新发明"取了个名字——"肉阵"。

这样的人早就引起了全国百姓们的不满。但是，杨国忠无所谓：你们能把我怎么地？

无权无势的百姓是不能把他怎么样，有人却能把他干掉。

天宝十五年（756）六月，安禄山的叛军攻陷潼关，长安危在旦夕。唐玄宗一时慌了神，带着爱妃逃往四川。走到马嵬驿（今陕西兴平）时，将士们饿得肚子咕咕叫，累得眼睛溜溜转，闷得心里想杀人。大家拒绝继续前进。

此时，杨国忠的政敌——太子李亨、宦官李辅国和陈玄礼一致认为，除去杨国忠的时机到了。陈玄礼出面对将士进行煽动，慷慨激昂。上天啊，为何我叱咤风云的大唐将士竟然沦落到如此的境地？那是因为出了乱臣贼子杨国忠，杀了这个小人，才能结束叛乱，才能让我们大家有的吃有的喝，拥着老婆热炕头。

一番鼓动让本来压抑许久的士兵群起激愤，杀声震天：杀了奸贼，杀了奸贼！

杨国忠无助地看了看玄宗，得到的是冷漠的眼神。他明白了，自己被皇帝无情地抛弃了。唉，三十六计，走为上计，赶紧跑！

跑？狗贼还想跑？大家提起大刀，蜂拥而至，砍得国忠兄七零八落。接着，众人又把愤怒发泄到了所有与杨国忠相关的人身上，杨贵妃被吊死，杨国忠的大儿子杨暄以及杨贵妃的两个姐姐也一并被杀。

通过"拼妹"进入官场，并不可耻，只要能利用手中的权力造福国家与百姓，也未尝不可。人家卫青靠"拼姐"进入职场，却并不影响他成为一个叱咤风云、人人敬爱的大将军。

忙的方式可以不一样，忙的方向不能偏。

第二章

为了工作与升职，我们也很拼

（工作忙；升职忙）

01 脚踏实地，一切用业绩说话

一个年轻人参加了科举考试，在他所处的初唐时期，明经科与进士科还没有明显的差别，毕业证的"含金量"差不多。他选择并通过了明经科的考试，然后从基层官吏做起，一步一个脚印，踏实上进，努力学习，在实践中锻炼了才干，最终被上司发现并赏识，升任并州都督府法曹（掌管司法的官吏）。他在办理各种案件中，一边学习法律知识，一边揣摩断案技巧，每天生活过得忙碌而充实。

一天，他外出办事，路过太行山，站在山顶，不由地望着远处的河阳（今河南孟州市）方向，那里有自己的父母。他们现在怎么样了呢？身体是否健康？白发是否多了？平时忙于工作，远离双亲，回家一趟，跋山涉水，不容易啊！多么想摸摸母亲布满皱纹的手，多想聆听父亲严厉睿智的话语，多想吃一口家里香气四溢的饭菜。但是，即便望眼欲穿，也只能看见一片孤独飘零的白云，仿佛是被人遗弃的婴孩，挡住了河阳城的视线，挡住了母亲的笑脸，哎！

他看了很久，长叹一声，对随行的同事说道："看，我的父母就在那片白云下面。"他又停留脚步，观察了一阵，才依依不舍地离开。毕竟他还在出差的路上，工作要紧。

后来，同事郑崇质被派到很远的地方出差，但是郑母年老多病，无人照料。联想到自己无法见到亲人的遗憾，他主动对郑崇质说道："你的母亲身体不好，我来替你出远门吧！"于是，他找到并州长史——蔺仁基，请求代替郑崇质出差。蔺仁基非常感动，到偏远的地方出差，人人都想回避，你却为了同事的家人而主动前往，这是何等的境界！哎，能有你这样的同事，夫复何求？像你这样贤能的人，"北斗以南，一人而已"。天下之大，只有一个啊！

想到自己与同僚李孝廉矛盾很深，蔺仁基感慨万千，为何我不能学学这个大度的属下？人生在世，转瞬即逝，何必执着于微小的矛盾呢？很快，蔺仁基主动与李孝廉和解了，一杯酒下肚，两人曾经的恩怨一笔勾销。

两个小故事，引出了两个成语："白云亲舍"，比喻客居他乡，思念父母；"斗南一人"，比喻天下绝无仅有的人才，均出自《新唐书·狄仁杰传》。这个忙着工作、关爱同事的年轻人就是后来鼎鼎大名的狄仁杰。

因为在基层表现出色，断案如神，狄仁杰升任大理寺（相当于现在的最高法院，掌管刑狱案件审理）丞（地位排在大理寺卿、大理寺少卿之后，相当于长官助理）。很快，他让大家见识了什么叫高效率。

大理寺汇集了全国各地的案件，其中不乏疑难甚至"奇葩"案件。很多一时半会儿无法查清、判定的案子，就因为官员们的不专业或者懒政行为而被搁置了，慢慢地积压下来，越积越多。有些冤案的主人公因为绝望而懒得申诉了。

面对黑压压的案件资料，狄仁杰不慌不忙，分清轻重缓急，对照法律条文，查明事实真相。一年之内，便判决了大量积压的案件，涉及一万七千人，却没有一人对判决结果不满意。蒙冤的人欢呼雀跃，犯罪的人心服口服。

上司和同事纷纷竖起大拇指：咱大理寺来了个牛人啊！

这样的人不提拔，还能提拔谁？狄仁杰又从中央到地方去担任刺史，每到一个地方，都会因为敬业与专业而受到百姓爱戴和欢迎，他的名气越来越大。一代女皇武则天登上皇位之后，亟须重用才能突出而又忠诚担当的人。来吧，老狄，宰相的位置非你莫属！

成了朝廷重臣的狄仁杰，忙得不仅仅是事务性的工作，还得忙着防范蛰伏在四面八方的奸臣和小人。

武则天为了打击李唐王朝的人，一边重用君子，治国理政；一边启用小人，清除障碍。一些奸诈阴险、不学无术的人看准时机，忙着走上另外一条求职的道路——诬陷他人。

有个"混混"连出生都带有极大的偶然性与戏剧性。他老爸原来是个赌棍，名声不好，一直娶不到老婆。有一次手气却极佳，赢了人家很多钱，输光的人就把自己已经怀孕的老婆抵押给了他的父亲。老婆儿子同时解决，双喜临门！

就这样，他出生了。

跟着赌棍父亲，长大后的他顺利地成了街上的小混混，又顺利地进了监狱吃"免费套餐"。人家在监狱里闲来无事就弄点娱乐活动，读读书，打打牌。他在监狱中的爱好很特别——"妄告密"，经常写告密信。因为当时很多人因为告密而发了财。

告小人物引起不了轰动效应，可他一个小混混又不认识高官，告谁呢？他发挥想象力，采用"广撒网、多捞鱼"的方式，拿那些名气比较大的人开涮，也许瞎猫碰到死耗子呢？反正说别人坏话，又不需要成本？

可是，官府发现他告密的事情大多是瞎编的，调查了半天，也没有什么实际性的证据。于是当地的刺史李续将他痛打了一顿，警告他，饭可以乱吃，话不能乱说。不久，李续因犯事而被朝廷判了死刑，他的眼睛里顿时放出一道光，将自己从多年告密失败中总结出来的秘籍运用在了一封信上，直接揭发李续的各种罪行，还把自己的遭遇包装成了一个正直的故事：因为我屡次揭发李续那个奸贼，被他怀恨在心而遭到了惨无人道的蹂躏与迫害。

说得有声有色，写得独树一帜。李续已经死了，怎么说都有人信，谁会为了一个死了的罪犯而去辩解呢？

据说一代女皇武则天看到这封告密信，感觉此人陷害他人的天赋异禀，自己不正需要这样的人来铲除通往帝王路上的障碍吗？她记住了"混混"的名字——来俊臣，并且破例召见。小来，好好干，充分发挥你的技能，把我的敌人统统铲除。

从此，来俊臣凭借卑鄙的特长坐上了升官发财的直通车。

他在办案时始终坚持两个只要：只要武则天交办的案子，一定办成；只要办案时不肯招供的人，一律上刑。他跟好朋友周兴经过反复研究，深入探讨，加上千百次的实战演练，弄出了一整套让人求生不能、求死不得的刑具与刑罚——"定百脉""喘不得""突地吼""着即承""失魂胆""实同反""反是实""死猪愁""求即死""求破家"等。为了炫耀自己整人的研究成果，来俊臣编写了一本"整人学术著作"——《罗织经》，专门讲解如何害人、如何编造别人的罪名等。

每次办案的时候，他先派出各个行动小组，分头做事，分工协作，发挥集体整人优势，从各个方面捏造、罗织受害人应当被判处死刑的证据。从你出生到娶妻生子、工作细节、交友旅游等，一个细节一个细节地仔细推敲其中你可能谋反的迹象，然后详细记录在案。实在找不到证据，就命人拿上那些毛骨悚然的刑具，慢慢地、有序地排在犯人的面前，一样一样地拿起来，详细解释它们的用法。平常的人见了就会冷汗直冒，跪地求饶："别说了，生不如死不如一刀即死。""好吧，我承认我谋反。"

一时间，朝廷上下，人心惶惶。大臣们上朝之前，都会紧紧地握着家人的手，不知道黄昏的地平线上，还能否有我的身影？

小虾小鱼级别的官员已经不能满足来俊臣的胃口，于是，他将目光转向了当红大臣的身上，狄仁杰遭殃了。面对如此阴险之人，狄仁杰又如何应对呢？

根据当时的规定，只要一经审问，马上承认谋反，便可以免除酷刑的折磨。狄仁杰二话不说，当场认罪："我乃李唐王室的旧臣，本就该死，谋反也是事实。"我毫不犹豫地承认，必然会引起皇帝怀疑，事出反常必有妖嘛！

得到口供的来俊臣开心一笑，好家伙，逮到一条大鱼，我又要升职加薪了！

另外一个酷吏王德寿不乐意了，不能好事都让来俊臣占了啊？既然狄仁杰这么老实，那就在他身上深挖一下，来个废物循环再利用。于是，他对狄仁杰说道："你曾经在礼部工作的时候，跟杨执柔是关系不错的同事，如果你愿意把他牵连进谋反案中，我可以减轻你的罪行，或者让你少受点皮肉之苦，怎么样？"

好你个王德寿，把陷害他人当作自己升职的踏板了，无耻，流氓！你以为我是什么人？狄仁杰怒斥道："皇天在上，你竟然让我做如此不仁不义的事情，不可能！"说完，他拼命地朝墙边的柱子上撞去，顿时头破血流。王德寿目瞪口呆，这是什么操作？算你狠！他吓得赶紧逃离了牢房。

大丈夫有所为，有所不为。趁着来俊臣放松了警惕，王德寿吓破了胆。狄仁杰赶紧向狱吏借来笔墨，从被子上撕下一块布，将自己的冤屈写在上面，然后塞进棉衣里面，请求别人送回家中。狄仁杰的儿子发现了父亲夹在棉袄里的书信，立即进宫向武则天申冤叫屈。

武则天召来俊臣质问，怎么回事？

好你个狄仁杰，一边痛快地承认，一边悄悄地送信，狡猾的老狐狸，大意了，大意了！毫无准备的来俊臣一身冷汗，眼珠一转，计上心来，他先回答道："微臣根本没有对狄大人动用刑罚，也没有虐待他，甚至连他的帽子都没摘下过，一直好菜好饭地供着。如果他没有谋反的事实，为何那么快承认呢？不信，您现在可以派人去查啊？他正毫发无损地躺着睡觉呢！"

武则天马上派周綝去查看。周綝根本不敢得罪心狠手辣的来俊臣，只在牢中匆匆瞥了几眼，就走了。然后向皇帝汇报，来俊臣说得对！

为了将狄仁杰置于死地，来俊臣充分发挥自己伪造证据的才能，假冒狄仁杰的名义，写了一份《谢死表》。我承认谋反了，对不起皇上，对不起百姓，请杀了我吧！

然后，他让周綝呈给皇帝看。

本来就对狄仁杰这样忠诚正直的大臣参与谋反案件表示怀疑的武则天更好奇了，哪有人这么痛快地承认自己谋反？狄仁杰谋反的动机是什么呢？难道平时他的忠诚可靠都是装出来的？不行，我得亲自找他来问问！

武则天召见狄仁杰，说说吧，连你也要反朕吗？

终于见到皇帝了，狄仁杰笑了笑，说道："如果我不马上承认造反，肯定早就死在酷刑之下了。"武则天点点头，她并不是不知道来俊臣是什么货色。

可你为何要作《谢死表》呢？

《谢死表》？我没写过啊！

两人仔细看着《谢死表》，不对，不对，这是模仿的笔迹。武则天明白了，狄仁杰是被冤枉的。但是，面对各方反对她当女皇的势力，来俊臣这样的疯狗还得重用。毕竟我让他们咬谁，他们就会疯狂撕咬，毫不犹豫。只能委屈老狄你了，将来政权稳定，收住疯狗，你再回来帮我。

武则天免除了狄仁杰的死罪，将他贬到地方担任县令。通过这件事情，她更加信任狄仁杰了，即便魏王武承嗣多次请求杀掉狄仁杰，都被她拒绝。

等到女皇扫清反对势力之后，狄仁杰重新成为宰相，而来俊臣呢？被武则天下令处死。在行刑的那一天，街上的百姓们进入狂欢模式，争着去剐来俊臣尸体上的肉。

升职可以自己努力，但不能践踏别人。

唐朝文人通过考试等方式走上工作岗位之后，也要忙于升职加薪，但并不是每个人都有狄仁杰的才能和机遇。大部分人忙于工作，却始终在基层徘徊，无法升迁。

四十六岁的孟郊好不容易考中进士，成为溧阳县尉（今溧阳市）。原本期待满满的他瞬间被残酷的现实拉进了冰窟。工作待遇一般般，工作氛围很复杂，拿着仅供糊口的工资，还得应付恶心的领导。快五十岁了，还被年轻人呼来唤去，难道我拼命读书，创作诗歌，就是为了这？

失落的孟郊想起了远方一直支持他、鼓励他的母亲，想起了母亲在微弱的灯光下一针一针地给他缝制破烂的衣服，眼泪顺着脸颊流淌，一首名垂千古的诗歌奔涌而出："慈母手中线，游子身上衣。临行密密缝，意恐迟迟归。谁言寸草心，报得三春晖！"

这就是著名的《游子吟》。

妈妈，我想你了。

面对复杂的人际关系，孟郊有些抑郁，只能时不时地跑到溧阳城外一处优美风景处——投金濑（濑水河，现在的溧水），放松一下疲惫的身心。这里树木繁茂，空气清新，无人打扰。

县令一看，这老东西是不是对我有意见？是不是不想合作？

连个招呼都不打，就跑到郊外吟诗作赋去了，容他在这里放肆，以后我还怎么镇住其他人？看你平时那个清高的样子，你以为就你是才子，我们都是土老帽吗？

哼，你是进士，我不能把你怎么样，那我就架空你。县令请了"聘用人员"来做孟郊的工作，直接分走孟郊一半的工资。

晾着你，臊着你，恶心你，让你主动提出辞职，到一边凉快去！

原本工资就少得可怜，勉强吃口饭，现在连饭都吃不上了。我在这里喝着西北风，还得听你唠叨？辞职，我要辞职！

好朋友韩愈伸出援手，将孟郊举荐给河南尹（河南省最高长官）：老孟不错的，值得信赖。就这样，孟郊成为水陆运从事（类似省交通厅的助理，品级不高），好歹也是省级小官员了。工资待遇都还可以，孟郊在洛阳定居下来，生活终于看到了一线光亮。

但是，这束光亮很快就灭了。工资是涨了，孩子却多了，生活的担子越来越重，压得孟郊喘不过气来。最小的儿子因为长期营养不良，死掉了。抱着瘦弱的小尸体，孟郊的胸口仿佛被铁锤狠狠地撞击，流着泪写下了《悼幼子》："一闭黄蒿门，不闻白日事。生气散成风，枯骸化为地。负我十年恩，欠尔千行泪。洒之北原上，不待秋风至。"爹爹欠你们的太多了，对不住啊！还没等他歇一会儿，他最敬爱的母亲又死了。晚年的孟郊被现实折磨得遍体鳞伤，在抑郁贫穷之中，孤独地死去了。

在唐朝，孟郊的遭遇是文人们的普遍现象，基层官员的工资是很低的，不像宋朝待遇那么好。有时，诗人们只能在山里或梦里安慰一下痛苦的灵魂。

02 好梦一日游

写下《古从军行》《古意》《塞下曲》等著名诗歌的李颀为了科举备考，隐居深山苦读十年，创作诗歌，结交名流，终于在开元年间考取了进士，担任新乡的县尉。可是，高起点却是最终点，这匹千里马始终没能遇到伯乐。工作多年，经验在增长，官位原地踏，始终没能升职。

晚年的李颀心灰意冷，哎，拿着工资无法糊口，我还不如回家卖红薯。直接辞职，过起了隐居生活。

大诗人李贺因为避讳问题而未能正常参加科举，只能在亲戚们的帮助下，弄个了奉礼郎（属太常寺，原名治礼郎，唐高宗李治即位后为避讳而改称，主要搞搞朝廷各种会务的打杂工作），九品小官。官职虽小，乐在清闲。李贺把时间都用在写诗上，名气越来越大，升职机会却越来越小。因为他既没有正规的"本科学历（进士）"，又没有人际交往的圆滑手段。官职始终原地踏步，立正，稍息，再立正！

时间一长，谁都受不了。我施展才能，拼命工作，却看着那些油腔滑调、不学无术的人一个个升职加薪，那我待在这里干吗？做他们的垫脚石吗？我努力工作，累出一身病，结果请大夫的时候，发现自己竟然付不起诊疗费！等到妻子去世，李贺干脆辞去了每天点头哈腰、工资还不够看病的奉礼郎职务。

游荡了一阵的李贺在朋友张彻（娶了韩愈的堂侄女）的推荐下，到节度使郗士美的军队里做幕僚，写写公文，打打零工。可惜没干几年，郗士美回了洛阳养老，朋友张彻也自顾不暇。走投无路的李贺强撑着瘦弱多病的身体，回到老家昌谷（今河南省宜阳县），几间茅草屋，一条老黄狗，从此不再出去点头哈腰似弯弓。既然做不了官，那就留下作品，让后世的人评论去吧！李贺认真整理存下来的诗集，将最后隐居的生活经历写进了《南园十三首》。

两晋南北朝时期发展起来的门阀贵族虽然在农民起义、科举制度的冲击中，根基有了一些动摇，但是，瘦死的骆驼比马大，在唐朝，他们依然拥有强大的影响力，占据把持着朝廷和地方的重要职位。出身普通家庭的文人想要出人头地，升职加薪，难于上青天。中央的基层小官员每天天不亮就要起床上班，没钱买市中心房子的人可能半夜就要准备了。如果遇到大雨，上班的途中还可能遭遇生命危险。

"安史之乱"后，长安城的地下排水管道遭到破坏，到了贞元年间的一个夏天，天空突降暴雨，街道被淹。吏部侍郎崔纵在上班的路上被大水围困，硬是趴在木头上漂浮了几十步的距离，幸好被街道两边店铺里的伙计救了上来。但并不是每个人都像他这么幸运，很多人在这一天被淹死在了大水之中。

上班有风险，走路须谨慎。

唐朝制度规定，普通官员们上班期间如果无故不到，会受到严厉的惩罚。缺勤一天，抽二十板子；每满三天，板子翻倍。缺勤二十五天，打一百大板，保证你屁股开花，哭爹喊娘；缺勤满三十五天，判处一年有期徒刑。所以，即便道路难走，天气寒冷，你也得早早起来，快马加鞭。到了晚上，还得轮流值班，因为早朝议论的事情，有可能晚上就要行文，第二天发往全国各地。如果值班无故不到，也得受罚。

开元年间，一个叫梁升卿的官员本来是要值班的，突逢父亲忌日，他就想让同事元彦冲代自己值夜班。正在与朋友聚会喝酒的元彦冲不干：我好不容易休息休息，待我喝完酒再说。无奈的梁升卿只能将自己的情况写在纸条上：父亲忌日，必须回家。结果当天晚上，元彦冲喝醉了没来，无人值班，又恰逢有紧急事务需要处理。第二天，唐玄宗大怒，直接将梁升卿和元彦冲贬到了地方。

除了严格的上班纪律，还有繁琐的考核程序。朝廷每年都要对官员们进行考核，分为九个等级，并且张榜公布。每年一小考，四年一大考。考核内容与标准有明确而繁琐的规定——四善二十七最。

四善："一曰德义有闻，二曰清慎明著，三曰公平可称，四曰恪勤匪懈。"

二十七最："献可替否，拾遗补阙，为近侍之最；铨衡人物，擢尽才良，为选司之最；兵士调习，戎装充备，为督领之最；推鞫得情，处断平允，为法官之最；训导有方，生徒充业，为学官之最；赏罚严明，攻战必用，为军将之最；访察精审，弹举必当，为纠正之最……"

考勤、考核也只是官员升职的一个因素，更重要的是交际能力，能否认识重量级的人物，能否有人赏识并推荐。所以，很多人忙着结交达官贵人。但是，上层人士、名流权贵们接触的人太多，未必能够看到你，看到你也未必会喜欢你。大部分官员忙忙碌碌一辈子，始终是个小小芝麻官。

既然现实中完不成目标，那就来个好梦一日游。

有个叫淳于梦的文人，特别喜欢喝酒。有一天，他跟朋友们在一颗古老巨大的槐树底下喝酒聊天，没过多久，便迷迷糊糊，大醉不醒，被朋友们架着回房休息。突然，淳于梦在隐隐约约之中看到两个紫衣使者翩翩而来，邀请他到槐安国做客。

噢，槐安国？什么地方？

好梦一日游，来了不想走。

好地方啊！能实现你梦想的地方。

淳于棼很开心，跟着使者出了门，上了车，进入了一个巨大的洞穴中。不一会儿，柳暗花明，晴空万里，一座座美丽的村庄尽在眼前。哇，这是神仙住的地方吗？很快，淳于棼被带进了槐安国的王宫，见到了国王。两人聊得很开心，淳于棼的才华震惊了老国王，哎呀，果然是个顶级人才啊，你干吗不早来？既然来了，就别走了，我封你为"太守"，招你为女婿。

淳于棼先是瞪大了不可思议的眼睛，然后张开了大嘴巴，露出了大黄牙。哈哈，这个可以有！搂着美丽的公主，做着地方的太守，享受国王的恩宠。哈哈，人生赢家啊！我要赶紧施展才华，做点实事。一晃眼，三十年过去了，淳于棼政绩突出，深受百姓爱戴和岳父信任，不断升职加薪。家中娇妻还为他生下了五个儿子，两个女儿。现在的他要风得风，要雨得雨。

这样的人生，给个神仙也不做！

可是，命运的齿轮开始卡壳。檀萝国突然率兵来攻，国王命淳于棼出征迎战。额，我一个文人哪里懂得打仗？再说，咱们的军事实力也不如檀萝国啊！哎，只能硬着头皮，仓促应战，结果大败而逃。好不容易回到槐安国，却传来了妻子去世的消息。国王也不再信任他。墙倒众人推，很快，他的官职没了，被直接送回了老家。哪儿来的，到哪儿待着去。

不，不！我哪儿也不去。

淳于棼惊出一身冷汗，醒了，原来是一场梦。远远望去，夕阳西下，几个朋友还在槐树下聊天畅谈。淳于棼摸摸脑袋，嘿，不对啊，难道不是梦？那场景、那感觉，太真实了。他回到大槐树下，只见下面有个很大的蚂蚁穴，扒开一看，一群蚂蚁围着两只特别大的蚂蚁。洞穴里的构造很华丽，里面有泥土堆成的楼阁、城市。莫非这就是槐安国？只见"王宫外"有一条孔道，直通南边的一根树枝，也许那里就是他似梦非梦当太守的地方——南柯吧！

哎，三十年的荣华富贵，原来是南柯一梦！

这就是成语南柯一梦的故事，出自唐代李公佐《南柯太守传》。比喻人生如梦，富贵得失无常；也泛指一场梦。类似的故事还有一枕黄粱，出自唐代沈既济《枕中记》。比喻人生虚幻，后比喻不能实现的梦想。

大部分文人在现实中无法升职加薪，飞黄腾达，只能借助梦来"穿越"，也许这就是唐朝的"爽文"来源吧！"爽文"的"爽点"，往往就是现实中大部分人无法实现的梦想，只能通过非正常渠道，梦幻般地体验一次做神仙的感觉。

理想是丰满的，现实是骨感的。很多人忙忙碌碌，四处活动，也无法被人欣赏和提拔。有的文人逼不得已，做梦也解决不了现实的贫穷，怎么办呢？

造反！

晚唐文人李振是一个破落贵族的后代，老祖宗是西域人，算是个混血儿。本姓安，他的曾祖父是唐朝中兴的功臣——李抱真（因为耻与安禄山同姓而求皇上赐姓李，跟着皇帝姓总比跟着安禄山姓要好）。祖父和父亲都做到了郡太守，虽然是官四代，但还得参加科举考试。在古代，没有经过科举摧残的文人不是真文人。李振年轻时聪明好学，也抱有一举及第天下知的梦想，可是科举像恶魔一样挡在了他的面前。路就在前方，咱就不让你过。他接连考了好多次，都榜上无名。

科举考场的屡次失利，让李振的内心深处种下了仇恨的种子，他对那些脑满肠肥的官僚们越来越怨恨，这些该死的东西，他们有什么资格给我打分？

考不上，要么去造反，要么去从军，要么去做生意，要么去做幕僚，要么隐居起来发牢骚。唐末农民起义领袖黄巢既能下笔成章，又能射箭骑马，也曾满怀期待地去京城长安参加科举考试。考了几次，都没考中。看到朝廷的腐败和黑暗，黄巢怒火街头：他爷爷的，什么玩意？"待到秋来九月八，我花开后百花杀。冲天香阵透长安，满城尽带黄金甲"！我不做进士了，我要做皇帝。他一激动，走上了造反这条高风险高回报的道路，成为农民起义领袖。

李振则选择了从军。因为表现良好又有才学，很快担任了金吾将军，接着又升任台州刺史。正当他兴冲冲地赴任之时，"一首凉凉送给他"。浙江东部发生董昌造反称帝事件，台州成了反贼的根据地，刺史当不成了，只好原路返回。经过汴州的时候，他听说朱温（后来代唐而立，建立后梁，五代时期梁朝第一位皇帝）很有才能，便去拜见。一番口若悬河、鞭辟入里的时事分析，让胸怀大志的朱温顿时喜笑颜开，将李振看作上天派下来辅助自己成就帝业的奇人。阿振老弟，别走了，跟着我干吧，保证你吃香喝辣！

葡萄美酒夜光杯，盛情难却心相随，李振留在朱温身边做了幕僚。被命运"撞了几下腰"以后，老天爷总算给了他一个天大的面子。

人生无法重来，青春不再留白！从此以后，李振全力辅佐新主人。

当占据湖南的马殷攻打朗州（今湖南常德）的雷满之时，李振奉朱温的命令前去调解两家矛盾。凭借三寸不烂之舌，不费一兵一卒，他就让双方听从了和解建议，罢兵握手。

朱温为了在中央机构发展自己的势力，随时掌握朝廷动向，特派李振潜伏长安城，收集情报，收买人心，为取代唐朝做前期准备。此时，正好一个掌权太监对朱温抛来了橄榄枝。

控制唐朝政权的宦官刘季述准备废掉皇帝唐昭宗，可他一个太监，没有队伍怎么办呢？对，节度使老朱野心勃勃，何不拉他一起干？

听到消息的朱温，老心肝怦怦直跳。我不早就想取唐朝而代之了吗？心动不如行动，赶快答应刘季述。朱温身边的将领们也摩拳擦掌，只要进驻长安城，咱也是开国功臣。

当局者迷，旁观者清。李振的头脑异常冷静，劝道："一个威风八面、万人敬仰的大将军怎么能跟大家痛恨的腐败太监们混在一起称兄道弟呢？而且还落下谋杀主子的骂名，岂不被天下有志之士取笑？以后谁还会跟着你去打仗呢？"

李振并不是忠于唐朝，而是他看得更远，计谋更加毒辣。先让太监们动手，朱温隔岸观火。等宫中内乱、两败俱伤之时，他们率领大军借着铲除祸乱宫廷的太监的名义趁火打劫，这样就可以名正言顺地干下叛逆之事而不留下骂名。大家都看到了啊，我不是谋反，我是为了大唐的江山社稷而勉为其难进驻长安的。

只要顺利进入长安，手握兵权，号令天下，谁敢不从？

刘季述和宦官们果然发动了宫廷政变，废黜唐昭宗，然后将年纪很小的皇太子李裕捧出来做傀儡皇帝。很快，李振奉朱温的命令，率军到达京城，和宰相崔胤一起联合，诛杀了刘季述等人，拥立唐昭宗复位。此刻的唐昭宗不过是朱温嘴中的肉，想什么时候吃就什么时候吃，就看是炖着吃还是烤着吃了。

朱温听到李振成功的消息，开心得快要蹦起来，大事成了，大事成了，天下很快就是俺老朱的了！从此以后，李振就是他最器重的人。

唐昭宗成了朱温的傀儡，唐王室的大臣们都看清了拍马屁的新方向，争抢着巴结朱温及其亲信大臣们。李振作为联系唐王室跟朱温大本营的全权代表，自然更是大臣重点拍马对象。巨大成功带来的自信和科举落第导致的仇恨让李振瞬间飘了起来，想着曾经才华横溢的自己竟然被这些唯唯诺诺、恶心粗鄙的唐王室大臣们弄得一蹶不振，始终得不到科举考场的认可，气就不打一处来。

所以每次到唐朝宫廷，他对那些旧臣们爱答不理，只动下巴示意而不说话。跟你们多说一句话，都会拉低我的身份。我不言不语，就叫你们难以忘记。要的就是这种唯我独尊的感觉，要的就是你们坐立不安的颤抖。

在用人的问题上，他看着顺眼的就立刻提拔，看着讨厌的就马上撤职，懒得用干部选拔条例等规章制度。当时朝廷的官员们给他起了个外号叫"鸱枭"（鸱发音吃，古书上指猫头鹰，传说听到人快死了就开始叫，被人认为是不祥之鸟）。

并不是所有的人都买他账，也有清流人士不去拍他的马屁，可能他们觉得李振连科举都没考上，怎么能向他低头呢？李振越看那些自认为学识渊博的大臣，越觉得自尊心受到了伤害。你们考中科举就一定有水平吗？既然你们自命不凡，我就让你们连家都没得还。

于是，他建议朱温道："那些官员标榜自己是清流人士，根本不把您放在眼里。不如将他们投入混浊的黄河，让他们永远成为浊流当中的一分子，看他们还怎么装清高？"

朱温哈哈一笑，反正留着朝廷的旧臣也没什么用，多一个人多一双筷子，既然心腹爱将请求，何不做个顺水人情？那些以清流自居的大臣就这样被丢到浑浊的黄河里喂了鱼。

在李振等人的帮助下，朱温成功取代唐朝，建立后梁，中国从此进入了五代十国时期。朱温去世后，儿子梁末帝即位。李振不再受重用，赋闲在家。如果不是改朝换代太过频繁，也许他能善始善终。

可是一切都被一个叫李存勖的人改变了。

晚唐著名将领李克用的儿子李存勖率军攻入后梁都城，取代了后梁，建立后唐。为了收揽人心，李存勖宣布赦免旧朝官员，李振等少数几个却不在赦免之列。

李振急得汗珠直滚，怎么办？弄不好我也得去喂鱼啊！对，去求情！于是，他拉着曾经的同事——敬翔，准备去求情。敬翔不屑一顾，我身为后梁之臣，死为后梁之鬼。要去你自己去！

哎，我去！

第二天一大早，李振穿戴整齐，恭敬地朝拜李存勖。敬翔非常不齿地说道："李振枉为大丈夫！当初他和我一起为梁王谋划，先主已去，少主遇难。他却迫不及待地去求情，丢人！纵使李存勖下令赦免，李振又有何脸面去地下见梁王，再入后梁的城门？"说完，敬翔就自杀了。

李振见了李存勖，脑袋磕得如捣蒜，不断数落自己的罪过。大家各为其主，何罪之有？后唐重臣郭崇韬连连摇头道："人们都说李振是一代奇才，我看他也不过如此嘛！"

新朝的皇帝与大臣纷纷投来鄙视的目光，呵呵，一代谋臣竟然如此没骨气！李振的卑微并没有换来众人的同情与谅解，一家人很快就被处死了。

几十年的富贵，最终也成了南柯一梦。李振的梦虽然是真实的，但结果也是真实的。

03　文人玩起刀来，也疯狂

　　唐朝文人为了升职都很拼，除了行卷打出名气、四处活动跑关系、钻研业务练本领等，还有一个适合中下层的文人打开升职通道的方式——从军。这条道路充满了不确定性的风险，同时也会带来突发性的巨大收益。封侯拜相也不是不可能。

　　想要从军，必须要到有仗打的地方，才能建功立业。哪里有仗打呢？当然是塞外。"塞"在古代有多种意思，一是关口要隘，在边境地区都要建立险隘的地方，以抵挡外敌的入侵；二是长城，以长城为界，以北地区已出边塞，故名塞北。出塞的话，就是要到边境地方去，因为那里的战斗多。

　　唐朝诗人出塞的方式也有很多种：游边（类似于到边境旅游），出使（受朝廷命令，出使到边境国家），送兵（护送新兵、押运军粮等），入幕（成为将领们的助手、秘书等）等。除了入幕，其他都是短期的行为，看看走走，留下点诗词歌赋。盛唐50位著名诗人中，有将近一半的人有过出塞的经历，比如李白、杜甫、王维、孟浩然等。他们都不是想去旅游打卡，拍照留念，而是想走升职的最快通道。但不是每个人都适合战场，也不是经常有仗打。诗人们也许不能在战场上乘风破浪，却可以在诗坛上披荆斩棘，留下无数震撼千年的边塞诗歌。

出塞时间最长的要数下面这位大诗人了。

他出身于官僚世家，祖父、父亲都做过高官，但他并没有赶上好时候。他的伯父因为被牵连进谋反罪而上了断头台，整个家族遭遇重创。幼年丧父的他发奋学习，博览群书，希望通过行卷或考试来改变命运。二十岁的时候，他向皇帝进献文章，也许根本没能送到皇帝面前，最终石沉大海。从此十年间，他奔走各地，求职投简历，均告失败。但到处行卷、交友也不是完全没用，关系总是慢慢积累出来的。

天宝三年，他参加了科举考试，进士及第，随后就进入了三年漫长的守选期。有了体制内的准入证，他的心情是愉快的，一边旅游，一边交友，将祖国的大好河山尽收眼底。守选期满之后，他又通过吏部考试，被授予右内率府兵曹参军（掌管兵器仓库和相关的兵役政令的官员），从此与军队结缘。但是，地方部队无仗可打，想要翻身建功，唯有去战斗前线，真刀真枪地拼出一个美好的未来。

塞外，我来也！

他选择了入幕出塞的方式，成为安西节度使高仙芝幕府的掌书记（类似于秘书）。来到边疆，他看到了壮阔的风景，走马川、热海、天山雪、火山云……气势磅礴，奇伟瑰丽。后来，高仙芝因为战斗失利，被解除了安西四镇节度使的职位，入京担任右金吾卫大将军。诗人也跟着领导回到了长安，与好友杜甫、储光羲、高适等人相聚畅饮，同游慈恩寺塔，度过了短暂的快乐时光。

但在才子遍地的京城，他一个小小的基层官员，难有出头之日。此时，安西、北庭节度使封常清（唐朝名将，曾是高仙芝的部下）发来邀请函。来吧，做我的判官（协助节度使处理日常事务）如何？

当时，大唐外有敌人虎视眈眈，内有藩镇蠢蠢欲动，战斗一触即发。他很兴奋，这次无论如何，也得抓住机会。他信心满满地踏上了第二次出塞的道路。来到边疆，前任的节度使判官正准备回京城任职，诗人在轮台设宴摆酒，为其送行。

当时，虽然还是八月，塞外已经狂风大作，飘起了鹅毛大雪。一夜之间，原本光秃的树枝上落满了洁白的雪花，仿佛梨花绽放。营帐内，酒菜上齐，音乐助兴；营帐外，大雪纷飞，红旗冻硬。喝完这杯酒，我送你上路，走好！轮台东门外，白雪布满山野，望着你的身影消失在远方，雪地里只留下马蹄的印迹。

此情此景，怎能不赋诗一首？大诗人写下了著名的《白雪歌送武判官归京》：

北风卷地白草折，胡天八月即飞雪。

忽如一夜春风来，千树万树梨花开。

散入珠帘湿罗幕，狐裘不暖锦衾薄。

将军角弓不得控，都护铁衣冷难着。

瀚海阑干百丈冰，愁云惨淡万里凝。

中军置酒饮归客，胡琴琵琶与羌笛。

纷纷暮雪下辕门，风掣红旗冻不翻。

轮台东门送君去，去时雪满天山路。

山回路转不见君，雪上空留马行处。

此乃唐朝大名鼎鼎的边塞诗人——岑参的代表作。这次出塞，岑参与节度使配合默契，封常清出师在外征战，岑参则在后方负责调度。为了感谢封将军的信任与重用，岑参时不时就会写几首赞美领导的诗歌，其中就有《走马川行奉送出师西征》：

> 君不见走马川，雪海边，平沙莽莽黄入天。
> 轮台九月风夜吼，一川碎石大如斗，随风满地石乱走。
> 匈奴草黄马正肥，金山西见烟尘飞，汉家大将西出师。
> 将军金甲夜不脱，半夜军行戈相拨，风头如刀面如割。
> 马毛带雪汗气蒸，五花连钱旋作冰，幕中草檄砚水凝。
> 虏骑闻之应胆慑，料知短兵不敢接，车师西门伫献捷。

前面渲染出征前的景色，狂风怒吼，碎石乱走，烽火燃起，该是大英雄出场的时候了。让人想起了武侠电影里常有的桥段，黄沙漫漫之中走出一个孤胆英雄，拖着大刀，擦起火星，杀气腾腾。接着，诗人突出将军的伟大形象。睡觉不脱甲，随时准备战斗。半夜迎强敌，砍杀声震动山野。面对如此勇猛的将军，谁能抵得住？谁能抗得了？敌人除了投降，还有别的路可以走吗？

果不其然，封常清击破播仙（当时为吐蕃建立的地方政权），兴奋的岑参又创作了《献封大夫破播仙凯歌六首》。但是，好景不长，"安史之乱"爆发，被地方割据势力弄得精力憔悴、疑神疑鬼的唐玄宗听信小人谗言，接连杀害了封常清和高仙芝。岑参也因此失去了靠山和升职的机会。后来在杜甫、孟昌浩、韦少游等人的推荐下，被刚刚即位的唐肃宗任命为右补阙，回到了长安。从此，宦海沉浮，做过考功员外郎、虞部郎中、嘉州刺史等职位，最终客死他乡。虽然算不上飞黄腾达，但比起大部分中下层文人，他的人生算不错的了。

当然，和另外一个著名边塞诗人——高适相比，他的职位天花板还是低了一点。

高适年少的时候一边学习文化，一边练习武术，很快成长为一个能文能武的"双核动力"青年。这点很重要，在才子遍地的唐朝，会写诗的很多，刀枪棍棒耍得有模有样的人却不多。按照唐朝诗人们的规定动作，高适也要漫游长安等地，行卷干谒，结交朋友，积累关系，以便被更多的人推荐。高适采用的是"多撒网、广积粮"的方式，四处献诗歌，却始终无人回应。参加科举考试，也未曾考中。哎，没办法，继续流浪吧！

哪里有工作机会，就到哪里碰碰运气。在宦游的路上结交了王昌龄、王之涣、李白、杜甫等有名的诗人朋友。生活穷困潦倒，却依旧没能压制住高适内心想要建功立业的冲动与渴望。即便朋友失落的时候，他也会写诗鼓励一下，不放弃，不抛弃，坚持到底。

千里黄云白日曛，北风吹雁雪纷纷。

莫愁前路无知己，天下谁人不识君？

在朋友董大被迫离开长安的时候，高适送出一首《别董大》，既是安慰朋友，也是激励自己。面包会有的，梦想也会实现的。

此乃典型的唐朝诗人，即便前方依旧渺茫，但不能阻止我"致君尧舜上"的理想；即便撞得头破血流，我也要撕开命运之门的一道小口，看看我到底有多少能量！大唐昂扬向上的气象，正是来自这些百折不挠、勇往直前的人。

辗转各地，岁月蹉跎。转眼之间，高适成了沧桑的中年大叔。命运之神终于给这个不屈的斗士开了一点点门缝。

高适在睢阳漫游干谒的时候，被太守张九皋惊为天人。你这么有才，干吗不先考个"官场准入证"？

额，考过，但……高适的心里一阵憋屈，不是不想考，而是没考上。

朝廷马上要组织制举考试，要不我推荐你参加一下？

求之不得！

制举考试比进士科的性价比更高，直接绕过漫长的守选期，立马安排工作。有了实力派人物的推荐，高适参加了"有道科"（应该起源于东汉察举科目中的"有道"科，有天文、历法、医疗等方面的专业技术。鉴于唐朝制举的名称千奇百怪，具体也说不清唐朝这科到底考什么），顺利晋级，被授予封丘县尉的官职，跟进士科出身的工作职位差不多。

但这样的工作并不是高适内心所期望的，我能文能武，要一直只干个基层小吏吗？他写下了《初至封丘作》：

可怜薄暮宦游子，独卧虚斋思无已。

去家百里不得归，到官数日秋风起。

每天抄写公文，迎合长官，无聊至极，毫无技术含量。有一年，他送新兵去边境，来到蓟北地区，见到了塞外的风景，这也许是高适第一次离边塞这么近。年复一年的枯燥工作让他濒临崩溃，这样耗下去，何时才算个头啊？一把年纪了，还在这里干耗着吗？众鸟高飞尽，我在原地转？

我不想成为一碗凉拌菜！出名要趁早，创业要敢跑！高适做了一个重要决定：辞官，去长安。

估计是多年的交友活动，让高适找到了更好的路子。来到都城，和多年未见的好友把酒言欢之后，受到官员梁丘的推荐，见到了唐朝名将哥舒翰。一番交谈下来，哥舒翰对高适刮目相看，没想到一个文人还会武功和兵法，论起军事来也是一套一套的。干脆以后跟着我干吧！

高适成为左骁卫兵曹，担任哥舒翰幕府里的掌书记。从此以后，如鱼得水，天高任鸟飞，跟随哥舒翰进击吐蕃，大获全胜。

和岑参不同，高适经常前往战斗前线，刀对刀，枪对枪，与敌人展开厮杀，所以写出来的边塞诗关注的重点大多是战场，而非风景。比如那首名闻天下的《燕歌行》：

> 汉家烟尘在东北，汉将辞家破残贼。
>
> 男儿本自重横行，天子非常赐颜色。
>
> 拟金伐鼓下榆关，旌旆逶迤碣石间。
>
> 校尉羽书飞瀚海，单于猎火照狼山。
>
> 山川萧条极边土，胡骑凭陵杂风雨。

战士军前半死生，美人帐下犹歌舞。

大漠穷秋塞草腓，孤城落日斗兵稀。

身当恩遇常轻敌，力尽关山未解围。

铁衣远戍辛勤久，玉箸应啼别离后。

少妇城南欲断肠，征人蓟北空回首。

边庭飘飘那可度，绝域苍茫更何有。

杀气三时作阵云，寒声一夜传刁斗。

相看白刃血纷纷，死节从来岂顾勋。

君不见沙场征战苦，至今犹忆李将军。

《燕歌行》原本是汉乐府旧题，多用来写女人思念出征在外丈夫的，缠绵悱恻、忧愁苦闷的内容比较多，到了高适的笔下，瞬间变得气势磅礴，散发着男性的荷尔蒙。诗歌开头写了主将奉命征讨，队伍浩浩荡荡。然后写战斗经过，敌人来势凶猛，双方从旭日东升打到日落西山，我方却因为轻敌冒进而被包围。战士们虽然思念家乡，陷入绝境，但是，他们依然奋起反抗，继续战斗，报效国家，保卫亲人。

高适在诗中直接写战场，既有战斗环境，又有人物心理；既有短兵相接，又有事先谋划。他是一线战斗人员，眼里所见，大多是血流成河的残酷情景，写出来的东西也就更加真实而深刻。

天宝十四年（755），"安史之乱"爆发。高适被任命为监察御史，辅佐哥舒翰坚守潼关。但是，唐玄宗听信小人杨国忠的煽动，不断催促哥舒翰主动出兵。当时，郭子仪等人正在攻击叛军的主力部队，只要守住潼关，拖延时间，唐军便可取胜。坚守潼关乃是最明智的选择，一旦这里失守，京城就危险了。可是，杨国忠为了抢功，不懂装懂，胡乱建议。犹如惊弓之鸟的唐玄宗选择相信身边的人。

命令下达，哥舒翰一声叹息，这摆明让咱们去送死。将士们哭着出了潼关。果不其然，哥舒翰被抓，潼关失守，京城危险。死里逃生的高适回到长安，眼前的唐玄宗要逃跑，他立即建议：拿出皇宫仓库里的财物，招募敢死队坚守长安，我愿意亲自率领百官子弟和民间壮士死守京城，绝不后退。

大臣们纷纷反对，皇帝不跑，我们怎么跑？你高适想在这里等死，别拉上我们啊！唐玄宗很无奈，留在这里，俺的爱妃怎么办？众怒也难犯啊！走吧，向蜀地逃亡。

额，这是什么操作？高适无语了，皇帝都走了，我一个人在这里能干啥？他直接追上玄宗，写了一份分析当时战争得失的详细报告——《陈潼关败亡形势疏》，指出了战斗失败的主要原因——军政腐败。

被安禄山追着打的唐玄宗也开始放下帝王仅剩的一点点威严，反思，总结。很久没看到如此直言不讳的建议了，高适，值得点赞和提拔。就这样，高适在蜀地的临时政府里，担任侍御史。

很快，唐玄宗的第三个儿子李享乘机在甘肃灵武登基称帝，成了唐肃宗。唐玄宗蒙了，这小子还真懂得挑时候。但是，枪杆子决定腰杆子，唐玄宗只能顺水推舟，派出两个宰相房琯与韦见素前往灵武册封，你当皇帝，我当太上皇。高适也因为得到唐肃宗的赏识而升任谏议大夫。

当时，玄宗的几个儿子分别担任地方节度使，第十六个儿子永王李璘镇守富甲天下的江陵，军权、财权、政权一把抓。他特别赏识诗人李白，三次写信邀请。出来吧，太白兄，我这里将是你梦想起飞的地方！

急着建功立业的李白坐不住了，我的机会来了，收复江山，舍我其谁？带上宝剑，整理衣冠，走起！五十七岁的李白来到永王军营：大鹏展翅任我行，一组赞诗献给您——《永王东巡歌》。只要永王在，胜利必然来！

有些属下为了自己的利益，极力劝说李璘拥兵自重。天下大乱，他李亨做得皇帝，您就做不得？您完全可以占据江陵，雄霸天下！

李璘拿着新皇帝的调动命令犹豫不决。唐肃宗急了，安史之乱未平，萧墙之祸又要起吗？他又作出试探，下令让弟弟李璘到成都保护太上皇。父亲身处险境，看你来不来吗？李璘又选择了抗命。将在外君命有所不受，我不去！

直接造反了！

这是赤裸裸的抗旨和挑衅！该怎么办呢？找战斗经验丰富的高适来问问情况，下一步该如何行动？

高适很淡定，冷静地分析了江东的政治环境和永王的优势、劣势，然后潇洒地甩出一句话：李璘必败！唐肃宗仿佛吃了一颗定心丸。有老高在，咱就放心了。他任命高适为御史大夫、扬州大都督府长史、淮南节度使，与韦陟、来瑱共同平定江淮之乱。高适采用分化战术，亲自写信给李璘的手下将官们：大军将至，跟着李璘，死路一条；离开李璘，后路多条。选错了，赔上全家性命；选对了，后世流芳。

恰逢安禄山被自己的儿子杀害，安史之乱接近尾声。李璘手下的几员大将看清了形势，一起离开，投靠了朝廷。很快，李璘兵败，被人擒杀，一帮属下受到牵连。刚刚展翅欲飞的李白也莫名其妙地被关进了监牢。好在八方朋友积极营救，老命算是保住了。经此一劫，他再也不敢想升职加薪的事了。

"永王之乱"平定，高适回到朝廷。由于宦官李辅国的嫉妒与陷害，让他的官场生涯浮浮沉沉。唐肃宗去世，太子李豫即位，为唐代宗。剑南兵马使徐知道趁皇帝新旧交替、朝廷不稳之际，举兵反叛。高适前往镇压，大破叛军。因此，他被任命为剑南西川节度使。

英雄终归抵不住岁月的摧残，身体日渐衰老，已经不适合在前线战斗。高适自己提出：我要回中央。唐代宗同意了，考虑到高适军功显著，升任他为刑部侍郎，进封渤海县侯。

高适成了唐朝诗人们仕途的天花板——唯一封侯的著名诗人。能取得如此傲人的成绩，除了他本人既懂文化又懂军事之外，也在于他碰到了好时候，在战场上展现了自己非凡的才能。

04 我要稳稳的幸福

为了工作，有的人兢兢业业，有的人不择手段，有的人迎合上级，有的人建功立业，也有的人选择性"躺平"，忙于自己的兴趣爱好。

有这样一个大神，在唐穆宗、唐敬宗等奇葩皇帝的手下工作，却始终稳如泰山，安全过渡。他是怎么做到的呢？

他的秘诀就是无欲无求，潜心书法。

一开始，他不嫌侍书的官小，平日工作上能"躺平"则尽量"躺平"，既不参与争斗，也不参与辩论。你们在一旁热火朝天，我在角落里安静"美颜"：苦练书法，清心寡欲。他专注于《左传》《国语》《尚书》《诗经》《庄子》等著作的研究，光笔记就做了很多本。

他把青春都燃烧在了自己的兴趣爱好上，反正生活无忧，包子都有。你们斗得天昏地暗，我独自人间清醒。但我也不去喊"世人皆醉我独醒"的口号，不去做斗破苍穹的战士，也不去做纵情声色的纨绔子弟，而是沉浸式体验自己的兴趣爱好。清淡无为并不是彻底"躺平"，"有所不为"是为了"更有所为"。因此，他的书法在清雅的境界之中，又多了内在的骨力。他的名气也越来越大，无论奸臣还是良臣，都对他敬重万分，没人为难他。人家名气冲天，又不争不抢，还背景强大，动他干吗呢？

他平稳地渡过了穆宗、敬宗的朝代，又安然无恙地走进了文宗时代。

他的名字叫柳公权。

在哥哥柳公绰的举荐下，他升任尚书省右司郎中，又转为兵部郎中、弘文馆学士等。柳公权几日不在身边，唐文宗就感觉失去了主心骨。平日里他特别喜欢和柳公权讨论各种问题，更喜欢看他写的公文。那书法简直就是视觉盛宴。

看到新朝有了新气象，皇帝积极作为，柳公权在工作中时不时也会提出一些好建议。

一次，唐文宗和大臣们说起汉文帝的节俭作风，便举起自己的衣服说："嘿，你们瞅瞅，朕这件衣服已经反复洗过三次了！"大臣们纷纷点赞，真是节俭克己的好皇帝啊！文宗的大脸犹如瞬间绽开的荷花，白里透红，与众不同。哈哈，我真的很不错哦！可他看到柳公权闭口不言，荷花瞬间变成了寒风中瑟瑟发抖的"冬花"。老柳是在装酷吗？他这是啥意思？

为了一探究竟，文宗单独留下柳公权，问他刚刚为什么不说话？

柳公权这才道出心中的想法："君王的品德，应该体现在任用贤良的人才、贬斥奸诈的小人上，听取逆耳忠言，做出公正赏罚。至于穿着洗过好多次的衣服，只不过是小细节而已，无足轻重。"国家不会因为你穿破衣服就不灭亡，而会因为你用人不当而日渐衰败的。

当时在场的其他人都吓得浑身发抖，他还是那个"躺平"的老柳吗？这是要踏上作死的节奏吗？文宗毕竟不是昏庸的穆宗、敬宗，他看着柳公权坚定的眼神，笑道："说得好！既然你能够犯颜直谏，那就封你个谏议大夫吧！"

"躺平"不是因为颓废，而是为了更好地生存。当外部环境变好的时候，该表现还得表现一下。一次顶撞得来了一顶更大的乌纱帽，柳公权成了谏议大夫兼知制诰，负责提建议的同时，还撰写皇帝的各种命令通知。

皇帝的宠信并未让柳公权迷失方向，他依然低调行事。后来，唐文宗不满宦官专政，拉了几个伙伴准备干掉宦官集团，结果小团伙里出现了猪队友，计划被提前发现。宦官们先下手为强：我不是纯爷们，但也不是砍不了人！一时间，血雨腥风，拥护文宗打击宦官的人被铲除得一干二净。

这就是唐朝著名的"甘露之变"。

事变之后，宦官一直牢牢地掌握着军政大权，打击异己。很长一段时期，中央官员们入朝前都要跟家人挥泪辞别，不知道晚上还能不能回来吃饭？柳公权却稳稳地幸福着。政治清明，我就冲出水面冒个泡泡；官场昏暗，我就潜入水底睡个觉觉。他就仿佛金庸先生《笑傲江湖》里的"风清扬"，身处朝廷，却飘然世外，关起门来，把书法苦练！以这样的心态和智慧，他又走过了文宗、武宗、宣宗朝代。因为年纪大、反应慢、出过错而被人弹劾过，也降职过，可是他依然挺立，以八十多岁的高龄迎来了唐懿宗时代。最终在八十八岁的时候去世，被追赠为太子太师。留下了大量优秀的书法和诗歌作品，与欧阳询、颜真卿、赵孟𫖯并称"楷

书四大家"。

柳公权的一生说明，选择间歇性"躺平"，发展持久性爱好，也是一种忙而不乱的生活方式。以良好的心态活得比"老板"长久，比同事潇洒。

即便活不长，也不枉来人世间潇洒走一趟。

酒席上，精美的夜光杯中，斟满了香醇的葡萄美酒，将士们大块吃肉，大口喝酒。可是，屋外响起了急促的琵琶声，要上战场了，别催，别催，等咱们再豪饮几杯。不要嘲笑我们贪杯。唉，从古至今，有几个人能从战场上完整地活着回来？干完这杯酒，让我们昂首挺胸，跨上战马，出发！

> 葡萄美酒夜光杯，欲饮琵琶马上催。
>
> 醉卧沙场君莫笑，古来征战几人回？

诗人王翰也喝得醉醺醺，看着满怀斗志的将士们，挥毫写下了千古名篇——《凉州词》。

这样的醉酒狂欢乃是王翰的常态。他曾经在宰相张嘉贞的家里，喝醉之后，自己填词作曲，亲自弹奏，一边高声唱歌，一边手舞足蹈。那感觉，气壮山河，豪迈奔放。直接将宰相的会客厅当成了表演台。

从王翰的出手阔绰、生活无忧的情况来看，他的家族应该很有钱，很有背景。年轻的时候，他顺利地通过了进士科考试。人家考中，忙着求官，他倒好，不急不忙，先玩几年再说。后来因为得到两任宰相张嘉贞、张说的赏识和推荐，王翰担任秘书正字、驾部员外郎等职位。但是，他好像并不在意工作、升职、加薪，天天饮酒赋诗，结交豪侠，根本看不上那些唯唯诺诺、拍马逢迎的官员们。

小伙子，小心点，不要太狂妄！看不惯他的人投来了异样的目光。

有钱就是这么任性，你们能把我怎滴？我靠工资吃饭吗？强大的物质基础支撑了王翰无拘无束的习惯，家中的钱多得花不完，"枥多名马，家有妓乐"。"豪车无数"，用人多多，听歌有歌姬，弹琴有乐手，吃饭有大厨，我还有什么理由不豪横？

他常常自比王侯，点评他人，因此遭到了很多同事的妒忌与攻击。"发言立意，自比王侯。颐指俦类，人多嫉之。"这样心直口快的人不适合官场，等到他的伯乐和靠山——张说从宰相的位置退下来之后，王翰就被贬为仙州别驾，成了一个不起眼的闲官。

王翰根本不在意，你贬你的，我搞我的，每天聚众饮酒，击鼓唱歌，吟诗作赋。

嘿，你这家伙居然不伤心失落？小人们抑郁了，本想看到你痛哭流涕，没承想你依旧春风得意。让你快活，让你快活，再贬！王翰又成了道州司马。这一次，他潇洒不起来了，倒不是想不开，而是身体零部件出现了问题，病死在了赴道州的任上，只有三十多岁。

不好意思，凡尘的小人们，咱到天上做个神仙，继续快活了，有空常来坐坐！

爱好可以有，但是不能常常醉酒，否则，身体垮掉了，还如何潇洒呢？

第三章

你争我斗，啥时候是个头

（党争忙；内斗忙）

01 改革，就是你死我活的斗争

唐德宗即位之后，唐王朝已经像一个重病缠身的老人，正常行走都有些费劲。自从"安史之乱"之后，节度使们惊奇而兴奋地发现：原来强盛无敌的大唐这么不堪一击，原来手握重兵的我们也可以横行霸道。他安禄山敢干，为啥咱不敢？凭什么咱不能做皇帝？从此以后，藩镇割据，此起彼伏，犹如接力跑比赛，你方唱罢我登场。

皇帝也很无语。我该重用谁？回头一看，还是身边人可靠。于是，纷纷任用宦官。到了唐德宗晚年，竟然连京师的精锐部队——神策军都交给宦官了。之前被文人们看不起的太监们终于雄起了，还不拼命显摆吗？谁不听话就干谁，咱们也要做一回真正的男人！没办法，权力的诱惑太大了。谁掌握权力，谁就能决定他人的前途和生死。

除了不省心的藩镇和宦官，还有朋党。自从武则天通过科举等手段大力提拔寒门子弟以后，寒门出身的人在中央也形成了一股重要的势力，与豪门望族子弟展开了激烈的对抗，摆出一副你死我活的架势。

外有藩镇割据，内有宦官专政，朋党斗争，贪污横行，民不聊生。

宦官们得势之后，经常借着采买皇宫物品的名义，公开在街上抢夺。看中哪家东西，就随意拿走，这是皇宫要的，需要给钱吗？大家称之为"宫市"。白居易《卖炭翁》里写的就是这种情况，辛辛苦苦烧了一车炭，结果被太监无偿掠走。

老百姓成了宦官们私人享乐的免费供应商，甚至那些饲养皇宫宠物（五坊：雕坊、鹘坊、鹞坊、鹰坊、狗坊）的小宦官（人称五坊小儿）也纷纷"共享百姓财物"：你们的就是我们的，我们的还是我们的。

上有所好，下必甚焉。

地方节度使通过进奉大量财物，与皇帝、外戚、太监套近乎。有的人每月进贡一次，称为月进；有的人每日进贡一次，称为日进。很快，刺史、幕僚们也纷纷效仿。"山寨"也得保证质量，人家送什么，咱绝不能比他差啊！

于是，地方官们纷纷贪污受贿，以维持源源不断的进贡。一层剥一层，最终剥到哪些人身上呢？老百姓成了食物链底端待宰的羔羊，连五脏六腑、骨头架子都被榨得干干净净。

污水横流的唐王朝奄奄一息，垂死挣扎，怎样让它重新站起来呢？

三个有为青年聚集在一起，商量着如何给国家开药方。担任过监察御史的韩愈神秘地拿出一份奏折给两个同事兼好友的柳宗元和刘禹锡看。

怎么样？可以吗？

可以！不过，是不是有点激烈？

不算吧？李实干的事可激烈多了。韩愈很信任两位朋友，曾经写诗说道："同官尽才俊，偏善柳与刘。"我的同事们都是才子，但我最喜欢柳宗元和刘禹锡。很快，他们的友谊迎来了考验。

当时关中地区（现在的西安、宝鸡、咸阳、渭南、铜川、杨凌等地）发生大旱灾，韩愈奉命前往调查实际情况。灾民们饿死了一大片，腐烂的尸体散发着难闻的气味。可是，京城长安的京兆尹（主管今西安及其附近地区，相当于首都的市长）李实为了自己的官帽子，竟然封锁消息。反正没手机和视频，深居宫中的皇帝想要了解情况，还不靠我的嘴巴说嘛！于是，他谎报关中地区粮食大丰收，老百姓锣鼓喧天、鞭炮齐鸣，纷纷点赞皇帝的英明神武呢！

皇帝听了很高兴：我的"粉丝量"又要噌噌噌往上涨啊！

因为李实封锁消息，受灾严重的关中地区的百姓依然需要照常交税，大家只能拆房卖瓦、向人借贷来缴纳本可以因灾害而免除的赋税。街上一个艺人编写了打油诗来说明这种惨状，却被李实活活打死。

喜欢鸣不平的韩愈彻底爆发了，立刻写了一篇《御史台上论天旱人饥状》的奏疏，准备揭露李实的无耻和阴险。在上书之前，他将内容给刘禹锡、柳宗元两个人看了。

可是，职场愣头青遇到了官场老油子，韩愈鸣叫不成反被堵。李实联合京城的官员们来了个先发制人，韩愈那小子不知道天高地厚，诬告忠臣也就算了，竟然还不相信皇帝陛下的能力，难道只有他能治理好天下吗？只有他一个人火眼金睛吗？咱们都是盲人、傻子？

皇帝大怒，就你能？平时叫来叫去也就忍了，如今还想单挑整个朝廷？你不愿做"粉丝"，也别害老子"掉粉"啊！去连州阳山县（广东西北部）做个小县令，别在老子面前晃啊晃。

寒冬时节，雪花飘飘，却毫无诗意。韩愈带着冰冷的心从繁华大都市去了落后小乡镇，中央干部变成了地方小官。

我到底做错什么了？

而不久之后，刘禹锡、柳宗元却受到了改革派的重用而飞黄腾达，呼风唤雨。刘、柳二人曾经是李实的部下，受到过李实的器重。一边是身处贬所，伤心失落；一边是升职加薪，春风得意。碰到谁都会难过质疑。是不是当初他们两个事先向老领导告了状，所以李实才能先发制人？我当初把奏疏提前给你们看，是出于信任，可你们倒好，辜负了咱们的友情。

从此以后，三个好朋友之间有了嫌隙。韩愈在后来修史的时候，对永贞革新并不看好，或多或少也夹杂了一些"私活"。但这也很正常，人非圣贤，孰能无过？不能因为是名人，就掩盖他们的缺点。只要他在大是大非面前，坚持原则，就不是坏人。况且韩愈也只是一时没想通，后来几个人又冰释前嫌了。

至于是不是刘禹锡、柳宗元提前不小心透露了消息，历史没有记载，谁也说不清。

刘禹锡和柳宗元的前半生很相似。他们出身富贵的官宦之家，从小刻苦读书，受过名师指点，年纪轻轻就在长安打响了名气。两人同时参加科举考试，同时顺利晋级。相对于考了八次的韩愈来说，他们很幸运。一次能够成功，除了才华之外，强大的家庭背景也起了重要作用，至少他们不必像普通人那么卑微地行卷。本来两人还可以携手参加吏部的科目选——博学宏词科考试，但是，柳宗元因为父亲去世而回家办理丧事。刘禹锡孤军奋战，又是一举高中。可能是家庭原因，他并未立即接受官职，而是回家看望了父母。两年后，守选期满之后，他又参加了吏部的常规铨选，顺利通过。

三次考试，场场成功，刘禹锡被朝廷授予太子校书之职。后来，又到地方基层锻炼了几年，升任监察御史，与同在御史台工作的韩愈、柳宗元成了好友。

自从韩愈被贬之后，刘禹锡、柳宗元结识了很多志同道合的朋友，大家聚在一起讨论国家大事，提出解决方案，有了一个共同的理想：重新恢复盛唐的风采。恰逢唐德宗驾崩，太子李诵（唐顺宗）继位，年号永贞。年轻的皇帝朝气蓬勃，重用改革派人物王伾（因为善于写字而成为太子侍书）、王叔文（曾担任太子侍读）等。与王叔文政见相同的刘禹锡、柳宗元也被火速提拔，其他诸如韩泰、韩晔、李景俭等人也都聚集而来，手拉手一起走，共同拉开了"永贞革新"的序幕。

以唐顺宗、王淑文为首的改革派，推出了一系列激进的改革措施：

一是取消宫市制度、五坊使。二是取消节度使进奉。三是打击贪官，其中之一就是把京兆尹李实贬为通州长史。从这点来看，刘禹锡、柳宗元当时应该没有提前透露韩愈的奏疏内容。四是打击宦官，缩减编制，让一部分宦官下岗。五是抑制藩镇，打击嚣张跋扈的节度使。六是放出宫女、教坊女，让她们与家人团聚。

病入膏肓的大唐似乎有了重新雄起的希望。改革的目的是好的，但得罪的面太广。权力被削弱的宦官，利益受损的节度使，纷纷起来反抗。我们难道是吃素的吗？谁想弄掉我们，咱就干死谁，杀，杀，杀！一时间，宦官、贪官、藩镇等结成复仇者联盟，有枪有人有钱有计划，疯狂反扑不商量。

而改革集团的"顶梁柱"——唐顺宗突然身患重病，意识不清。以俱文珍为首的宦官、贪官集团联合地方藩镇向朝廷施压。皇帝脑子都不清楚了，就不要干了，让新人来做吧！

他们拥立广陵郡王李淳为太子，改名李纯。

病重的唐顺宗被迫禅位，唐宪宗李纯继位，史称"永贞内禅"。一朝天子一朝臣，新皇帝立即对他的拥护者送出了诚意"大礼包"：贬王叔文为渝州司户，王伾为开州司马。改革集团中的其他重要人物也都被贬到偏远的地方当了司马（可以领工资的虚职，多用来安置贬谪官员）。后人称他们为"二王八司马"，两个王姓核心人物，八个骨干分子。

王叔文很快被赐死，王伾不久也病死了。一百八十多天的"永贞革新"宣告失败。

柳宗元成了永州（现在的湖南西南部）司马。从如日中天的高官变成不受待见的小官，没有房子的他只能寄居在寺庙。不到半年，母亲又去世，他的心情可想而知，反思迫在眉睫。到底为什么？为什么？他写下了著名的三篇寓言故事——《三戒》：《临江之麋》《黔之驴》《永某氏之鼠》。"三戒"出自《论语·季氏》的"君子有三戒"，既劝诫自己，也劝诫别人。有些人不考虑自身的能力，只是凭借外力逞强，激怒了对方，最终引火烧身。有的人自以为可以一手遮天，有的人自以为可以狐假虎威，但是该来的总是会来的！

几则寓言既有对朝廷中小人们的愤怒，也有对自己改革行为的反思，本来就不强大，何苦跟猛兽们对着干？于是他将精力放在了游山玩水、钻研文章上。

刘禹锡则去了朗州（今天的湖南常德）。在经过江陵的时候，他与当时担任江陵府法曹参军的韩愈见了面。同样的为国为民，同样的终极斗士，又是同样的遭遇。唉，说不尽的愁，吐不完的槽。来，老刘，咱俩干一杯！韩愈的热情招待，让被贬路上的刘禹锡心情稍微好了些。之前的误解也烟消云散。

司马是专门安排闲人的闲职，但刘禹锡并未沉沦，而是在朗州城边的更鼓楼旁，选了一块高地，盖起了房子，在这里吟诗作赋，思考人生。他创作了《楚望赋》《砥石赋》等长篇大作。

"雾尽披天，萍开见水。拭寒焰以破眦，击清音而振耳。故态复还，宝心再起。即赋形而终用，一蒙垢焉何耻？感利钝之有时分，寄雄心于瞪视。"（《砥石赋》）此时的他依然是个斗士，要保持雄心，继续战斗。我就在这里，看着你们如何完蛋。总有一天，我老刘还会回来的。

可是，他低估了反对者的恶心程度。尽管他多次上书，要求回到长安，却依旧没人理会。接着，两个消息传来，让他痛苦不已。一是唐宪宗特地下诏明确，就算特赦天下人，他们八个人也不得被赦免；二是他的伯乐——王叔文被赐死，在孤独失落中走完了本该精彩的人生。

晴天霹雳！

咱们推行改革，不也是为了国家好吗？如果想做官，干吗费这个心思？直接躺平不就行了？即便改革有不对的地方，你们也不能毫无原则地全盘否定啊？这不是拿国家的利益来泄私愤吗？愤愤不平的刘禹锡拿起了笔，写下了一系列很有意思的讽刺性诗歌。比如《聚蚊谣》：

沉沉夏夜闲堂开，飞蚊伺暗声如雷。

嘈然欻起初骇听，殷殷若自南山来。

喧腾鼓舞喜昏黑，昧者不分聪者惑。

露华滴沥月上天，利嘴迎人看不得。

我驱七尺尔如芒，我孤尔众能我伤。

天生有时不可遏，为尔设帷潜匿床。

清商一来秋日晓，羞尔微形饲丹鸟。

蚊子们，别看你们现在咬得欢，小心将来拉清单。你们啊，很快就会被丹鸟们吃掉的，哼哼！

失落、愤怒，但没有绝望，刘禹锡依旧选择相信未来。"自古逢秋悲寂寥，我言秋日胜春朝。晴空一鹤排云上，便引诗情到碧霄。"（《秋词二首》其一）

我不会让秋风带走我的思念我的泪，而要乘着它，做一个披荆斩棘的哥哥。

善于调节，正是刘禹锡长寿的原因之一。面对敌人，你活得比他长久，你就赢了。在朗州期间，他跟好友柳宗元通通信，斗斗嘴。在书信中的相互辩论，启发了两人对人生与世界的深入思考，柳宗元写成了《天说》，刘禹锡完成了《天论》。两本小书都是中国古代重要的哲学著作。生活给了他们黑色的天空，他们却在微弱的光亮中寻求真理和欢乐。

贬谪，对官员来说，是灾难；对文人来说，是机遇。

02 我又回来了，来打我呀

　　一晃眼，将近十年的时间过去了，皇帝终于想起了被遗忘在角落里的刘禹锡、柳宗元等一批"司马"们，特召他们回京城。

　　原本等着受重用的几个人却被一首调侃诗重新打入了冷宫。

　　正值春天，暖风习习。刘禹锡特意到曾经的玄都观踏青游玩，咦，这里什么时候种上桃树了？我离开京城之前没有啊！望着灿烂绽放的桃花，看着赏花回来的百姓，刘禹锡心生感慨，作了一首诗——《元和十年，自朗州承召至京，戏赠看花诸君子》：

　　　　紫陌红尘拂面来，无人不道看花回。

　　　　玄都观里桃千树，尽是刘郎去后栽。

　　结果，这首诗被敌对者拿去兴风作浪，他刘禹锡什么意思？讽刺我们这些人都是他离开以后提拔起来的吗？他要不走，我们就受不到重用是不是？就他一个人能干？就他们八匹老马聪明……

　　诗歌被曲意解读。小报告、诬陷、造谣，漫天飞舞，当权者渐渐模糊，看来"八匹马"反思不深刻啊！对我们有意见？有抱怨？有怒气？

　　再贬！

几个人又被贬到地方做了刺史，虽然官职比司马高，可是离家更远了。"好事者"刘禹锡被贬到了穷山恶水、潮湿之地——播州，今天的贵州遵义，当时只是人口不足五百户的荒凉之地。

刘禹锡彻底无语了，我只不过对着景物发个感慨，哪有那么多想法？我自己去倒不要紧，可母亲已经八十多岁了，去了适应不了，岂不死路一条？不去，谁留在家里照顾她呢？

这个时候，好朋友柳宗元伸出了援助之手。他去的柳州（今广西柳州市）虽然也偏远，但是冬暖夏凉，气候舒适，节奏慢，居家养老不妨碍。于是，他向朝廷提出跟刘禹锡对换地方。此举感动了朝中的正直人士，他们纷纷为刘禹锡说情。最后柳宗元依然去了柳州，刘禹锡则换了个气候还算不错的地方——连州（今广东连州市）。

他与柳宗元结伴而行，相互勉励。好在连州的风景优美，气候宜人，刘禹锡的心情渐渐平复。从小就体弱多病的他将生活的重心转向了养生学研究，到处收集各种简单有用的药方、偏方，时不时还拿自己做实验。好朋友柳宗元听说以后，从柳州寄来《治霍乱盐汤方》《治脚气方》《治疗疮方》。刘禹锡很开心：还是老柳了解我，送来了"柳柳州救三死方"！

根据自己多年的收集与研究成果，刘禹锡编成了《传信方》，一部很有价值的医书，可惜后来失传了。

在连州期间，朝廷也发生了变化。宰相裴度领兵击败了吴元济的叛乱，藩镇割据问题终于有了实质性的进展。而在遥远陌生的连州度过五个年头的刘禹锡有些疲倦了，打击却犹如机关枪，连续不断地发射。刘禹锡的母亲去世，按照当时的制度，他必须亲自护送灵柩到洛阳守丧。在北上的路上，突然又接到好友柳宗元去世的消息。他仰天大呼，仿佛得了疯病。老柳，形势正在变好，你怎么走了呢？

转眼之间，唐宪宗去世，新皇帝唐穆宗继位。守丧结束后的刘禹锡被任命为夔州（今四川奉节）刺史。新时期的朝廷有了新的矛盾，牛李党争拉开了序幕，永贞革新时期的人已经不再列入"黑名单"了，基本上都得到了较好的待遇，而那些反对派们早就泯灭在历史的长河之中。刘禹锡一声长叹：嘿，我就是那打不死的小强，经得起浪，忍得了冤。我要活得比你们长，人生才刚刚启航。

浪淘沙词（其八）

莫道谗言如浪深，莫言迁客似沙沉。

千淘万漉虽辛苦，吹尽狂沙始到金。

在无穷无尽的宇宙里，只有拥有才华和贡献的人才会留下永恒的星光。那些蝇营狗苟的小人又算得了什么呢？刘禹锡不再执着于升职加薪，斗争改革，而是拒绝一切无效社交，沉下心来学习夔州当地的民歌，并融入自己的特色，写出了一系列的《竹枝词》，比如那首著名的："杨柳青青江水平，闻郎江上唱歌声。东边日出西边雨，道是无晴却有晴。"

在杨柳青青的春天里，美丽的姑娘撑着小船在江面上缓缓地

划着，听到情郎的唱歌声，心儿怦怦跳。哎呀，这歌声里，是不是在说对面的女孩看过来啊？他咋就那么帅呢？

《竹枝词》原本是四川东部一种与音乐、舞蹈结合在一起的民歌，大多用来歌唱直接大胆的爱情或者抒发普通百姓的愁绪。刘禹锡将这种民间土音乐玩出了新花样，变得高大上。

用创作来应对政治迫害，是最好的自我解脱方式。

夔州任官期满，刘禹锡又调任和州（今安徽和县）刺史。看到和州百姓遭遇旱灾，他做了一些力所能及的好事。后来接到了朝廷要他回洛阳的调令，担任东都尚书省的主客郎中。日盼夜盼，总算盼来了。命运的齿轮开始转动，曾经的"显眼包"终于可以不那么"显眼"了。

刘禹锡一边玩，一边走。附近的秣陵（今南京地区）、扬州等，都是好地方，此生不去逛一圈，岂不白来人世间？在扬州，他碰到了因病准备回洛阳"躺平"白居易。两个老头悲喜交加地抱在了一起，今天喝个痛快，不醉不归！

白居易即兴写下了《醉赠刘二十八使君》，刘禹锡也当场回赠了《酬乐天扬州初逢席上见赠》：

巴山楚水凄凉地，二十三年弃置身。

怀旧空吟闻笛赋，到乡翻似烂柯人。

沉舟侧畔千帆过，病树前头万木春。

今日听君歌一曲，暂凭杯酒长精神。

虽然你我早已成了即将被人遗忘的老头、"沉舟"和"病树"，但是，那又何妨？正因为我们的努力和坚持，才有了千帆竞发、万木回春。即便长江无穷尽，人生很短暂，但是我们在长江上架起了一座座桥，方便了后人行走，不也是一种永恒吗？听你老白一嗓子吼，我顿时来了精神又抖擞。

两人一起喝醉，一起回洛阳。意气风发的刘禹锡受到了新任宰相裴度的器重，被调回了长安担任主客郎中。倔强的刘禹锡又特意跑到当年的玄都观游玩了一次，此时此刻，玄都观空空荡荡，一棵桃树也没了。想起十四年前，我因为写诗而遭人嫉恨诽谤，如今时过境迁，皇帝从宪宗、穆宗、敬宗到文宗，都换了四个了，那些当年迫害我的人还在吗？还在吗？我又回来了，来打我呀！

在苦难面前，坚强地活着，就是幸福。感慨万千的刘禹锡写下了《再游玄都观绝句》："百亩庭中半是苔，桃花净尽菜花开。种桃道士归何处？前度刘郎今又来。"

从此以后，刘禹锡也看开了。朝廷已经陷入了牛李党争之中，老宰相裴度受到新人李宗闵、牛僧孺的排挤。年迈的裴度三次上书皇帝：我老了，该回去歇歇了。上书的内容则由刘禹锡亲自操刀。

做了几年官的刘禹锡看着朝堂你争我斗，眼花缭乱。这种"多巴胺式的内斗"已经不适合我们这种老头子了。唉，挥一挥手，懒得烦了，拜拜！我身体不行了，让我到洛阳干个闲职吧！

皇帝念及他的功劳，同意了！

洛阳有酒有景有朋友。晚年的刘禹锡跟好友裴度、白居易饮酒对唱，游玩赏乐，生活过得有点甜，直到七十一岁才去世。朝廷追赠其为户部尚书。

对于一个倔强的斗士来说，这也许是最好的结局了。

然而，"永贞革新"斗争结束了，新的党争又开始了。

03 看不惯你，我就干掉你

　　唐朝元和十年（815）六月三日清晨，报晓晨鼓刚刚敲过，天空依旧漆黑一片，仿佛一块巨大的铁板压着长安城的街道。大臣们陆陆续续地出门上班了。宰相武元衡也走出了自己在长安城靖安坊的府第，骑着马，赶赴大明宫。随行的还有一帮仆从跟班，提着点燃蜡烛的灯笼，为主人照明引路。

　　虽说是初夏，行走在大街上的武元衡总是感觉凉飕飕的，他的右眼皮一直在跳，哪里不对劲呢？这些天，前方的战事进展不太顺利，有点对不起皇帝的信任与重托。"安史之乱"后，大家信仰翻车，"宇宙最强"的大唐居然如此不堪一击！繁华落尽，该何去何从？藩镇割据，该如何应对？

　　地方藩镇相当于一个个独立的王国，节度使掌握着生杀大权，俨然就是皇帝，甚至自己的位子都可以父死子继。

　　自从新皇帝即位之后，对拥兵自重的藩镇深恶痛绝，准备来个杀鸡儆猴。淮西节度使吴少阳去世之后，他的儿子吴元济秘不发丧，对外声称父亲病重，然后假托吴少阳的名义上书朝廷，请求让他来主持军务。刚刚继承大统的唐宪宗不干了：我才是大唐皇帝，任命谁当地方官，是我的权力和自由，你说当节度使就能当的？

不行，坚决不行！

吴元济火了，给脸不要脸，反了！

面对嚣张跋扈的叛军，明白皇帝良苦用心的宰相武元衡、御史中丞裴度等人态度坚决，斥责主和派大臣，不能再向这些狂妄至极的藩镇妥协了，一个字：打！唐宪宗很高兴，还是武丞相给力，那就让你担任前方总指挥，率兵平定吴元济。但是，战斗进展并不顺利，成德节度使王承宗、淄青节度使李师道等割据势力害怕了，万一吴元济死了，朝廷的下一个目标不就是咱们了吗？于是，他们二人与吴元济联合起来，焚烧了河阴（今河南荥阳东北）的粮仓。朝廷的军队进展受阻，武元衡陷入了困境。

这几天，他的情绪有些低落。他出身名门，曾祖父武载德是武则天的堂兄，祖父武平一担任过考功员外郎、修文馆学士。含着金汤匙的武元衡不仅天生聪明、长相俊朗，还非常刻苦用功，诗词歌赋无一不精。在普通人被科举考试反复蹂躏的时候，他早就金榜题名，还拿下了第一名。带着家族与状元的双重光环，武元衡在官场上混得风生水起，受到了唐德宗、唐顺宗、唐宪宗等几代皇帝的信任与重用。

深受皇恩的武元衡一心扑在工作上，希望能够为君分忧。面对藩镇割据、皇权旁落的现象，他也想能够做一些事情，让大唐重现曾经的辉煌。可是，"安史之乱"之后，朝廷元气大伤，面对兵多将广的藩镇，着实有点力不从心。昨天晚上，他写下了一首《夏夜作》："夜久喧暂息，池台惟月明。无因驻清景，日出事还生。"黑夜，没有了白天的喧嚣，只有高悬天空的明月，静静地照着池塘。我无心欣赏美景，明天将要有新的事情发生。

唉，希望天佑我大唐！

突然，"嗖"的一声，一只暗箭飞来，照明用的灯笼灭了。不好，有刺客！还没等武元衡反应过来，又是一只冷箭，穿进了他的肩膀。啊！武元衡疼得冷汗直冒。又是"嗖嗖嗖"几支箭飞来，随从们应声倒下。

很快，埋伏在四周的蒙面刺客冲了出来，用兵器猛击武元衡的大腿。钻心的疼痛，恐怖的黑夜，天空只有微微光亮，看不清到底有多少刺客，又从哪里蹦出来的？想要骑马狂奔，可是马绳却被刺客们拉住了，他们牵着马飞快地跑向东南方向。不一会儿，刺客将血流不止的武元衡拉下马来，一刀就砍掉了他的脑袋，用盒子装好之后，快速消失在了黑暗之中。

而另一波人马正在袭击武元衡的副手——裴度。

通化坊东门处，刺客正在疯狂地追杀裴度。第一剑砍断了裴度靴子上的绑带，第二剑刺中了他的后背，划破了他的衣服。第三剑又飞快地向头部砍过来。裴度下意识地低下头，剑正好削在了他的毡帽上。剧烈的震动让裴度头晕目眩，从马背上跌落到地上。正当刺客挥剑砍来的时候，裴度的侍从王义挺身而出，徒手抓住了刺客的剑刃，然后大声喊道："大人，快跑！"

清醒过来的裴度拼尽全力，拔腿就跑。刺客恼羞成怒，该死的东西！用力抽出剑，挥起，下落，砍断了王义的胳膊，然后飞快地追过去。

裴度跌跌撞撞，一不小心，掉进了路旁的深沟之中。刺客探头一看，只见裴度直挺挺地躺在沟中，一动不动，应该是死了。眼看天色渐明，行人渐多，刺客赶紧收刀，迅速消失了。

很快，消息便传进了宫里。唐宪宗惊呆了。什么？武元衡死了，裴度也死了？武元衡乃是他最为倚重的大臣，还有人胆敢刺杀宰相？悲痛欲绝的皇帝连饭都吃不下了。一个不幸中万幸的消息传来，受了重伤的裴度并没有死，捡回了一条老命。

京城笼罩在了恐怖的氛围之中，大臣们人人惶恐，猜测声、质疑声传遍了长安的各个角落。肯定是吴元济、王承宗、李师道等人派出的刺客，这下好了吧？天天喊着打击藩镇，结果把自己的命搭进去了！唉，干吗去惹那些凶悍的土匪呢？不如妥协求和，换来大家的安宁吧！

案件查来查去，进展很不顺利。几天过去，依旧没能逮到凶手，查明幕后真凶。

曾经跟武元衡很有交情的白居易坐不住了，虽然官位不大，却想尽"献言之道"，不顾自己的职权范围，上书主张缉拿凶手，严厉惩处。结果被主和派的人反咬一口：不是你管的事情你要管，不该你说的话你要说，这叫越职言事，懂不懂？你想翻天做皇帝？还是不把陛下放在眼里？

疯狂的报复开始了，既然你喜欢跑到别人一亩三分地上刨人祖坟、教人干活，我也到你擅长的诗歌领域内挖你墙角、毁你形象。

白居易的母亲出门看花游玩的时候，不幸掉入深井里淹死了，而他诗歌里却出现"赏花"和"新井"的字眼。这是不孝，这是对母亲的侮辱，这是对规则的破坏，该杀，该死！

哑巴吃黄连，有苦说不出！我当时写诗哪里知道我妈会落入井中？我妈死了，难道还要你们教我如何痛哭吗？墙倒众人推，你会倒不倒，关键看领导！平时不太喜欢白居易的唐宪宗两手一摊，这是群众的声音，这是众人的呐喊，我也没办法，顺水推舟地将白居易贬为江州（今江西九江）司马。

朝廷依然吵得不可开交。主和派的大臣们纷纷上书，请求罢免裴度，来安抚叛乱的节度使们。

什么话？我贬走白居易，不是因为他要求惩办真凶，而只是我暂时的策略，是对越职言事者的惩戒。痛定思痛的唐宪宗挥出了铁拳，怒斥道："如果罢免裴度，何以治国？哪怕朕只有裴度一个人可以用，也足以击破这些无法无天的贼人！"

皇帝的态度很明朗。查，彻查！而且立即下诏：谁能逮住凶手，赏金万两，官位五品；谁敢包庇、藏匿凶手，诛九族。

重赏之下必有勇夫。

很快，各级官员们在长安城内外展开了地毯式搜捕行动，任何地点，任何角落，甚至连皇亲国戚家的墙壁夹层都不放过。范围正在渐渐地缩小，成德军进奏院（藩镇在都城长安的驻外办事机构，类似于现在的各个地方政府的驻京办事处）成了最可疑的地方。果不其然，众人在院内搜出恒州的军人张宴等一帮人，他们大多是王承宗或者李师道的部下。经过审讯，张宴等人承认了自己的罪行，但并未供出幕后主使。人是我们杀的，没有受谁指使！

事已至此，即便没有任何证据，还不清楚谁是主凶吗？唐宪宗咬牙切齿，恨不得将王承宗、李师道碎尸万段，但是，愤怒冲动不应是一个君王的标配。因为此时针对淮西的战斗，进展依然不顺利。

忍住，沉默，死一般的沉默！忍得多痛苦，将来爆发得就有多激烈。

元和十三年（818），唐宪宗和裴度集中力量对吴元济用兵，吸引了淮西军的主力部队。淮西节度使的治所——蔡州几乎成了一座空城。传奇将军李愬在风雪交加的一天，率领先锋队突袭蔡州，一举擒获吴元济，平定了淮西之乱。吓破胆子的王承宗立刻向皇帝赔笑脸，并且送来满满诚意：人质、土地……只要不打我，您让我干啥就干啥。

犹豫再三的李师道却走上了反叛之路。政治手腕日渐成熟的唐宪宗从容地调遣军队，成功击败了李师道，一举收复淄、青、江州等地。

自此以后，各地节度使们夹着尾巴做人，大唐迎来了"元和中兴"的新局面。但是，晚年的唐宪宗沉迷佛教，重用宦官，藩镇势力又重新抬头，结交宦官和重臣，扩大自己在中央的影响力。

而宪宗皇帝继任者们，大多没什么进取之心。中央王朝又到了近乎失控的地步。

04 文斗，比武斗更猛

唐穆宗从即位以来，展开了一系列的"骚操作"。父皇唐宪宗死了没几天，他就开始纵情欲海，不想着励精图治，而是享受人生，喝酒、看戏、打猎……

为了住进超级大豪宅，他接连修建了永安殿、宝庆殿等，要在别墅大院里欣赏世界级山水与百家戏曲；为了修建超大"水上游乐园"，他居然动用军队两千人来疏通淤泥，硬把人工水池改造成赛船场所，频繁组织赛龙舟活动；为了炫耀显摆，他花费重金，全面装修各大寺院，如安国、慈恩、千福、开业、章敬等寺院。在重新闪耀开放之时，穆宗特意邀请吐蕃使者前往观赏。看看，瞅瞅，大唐就是这么有钱，有钱就是这么酸爽！你们没有吧？

他忘记了，曾经的大唐引得四方朝贺，各国尊崇，靠的不是面子工程，而是强盛的国力与皇帝的魅力。皇帝的爱好往往引领时尚潮流，从上到下，奢靡浪费，懒政怠政。老大都不工作，我们还干个什么劲？

穆宗用实力解释了什么叫玩物丧志。在一次打马球的狂欢后，他突然感觉双脚不能下地，经医生诊断，得了中风。治来治去，治不好，他只能求助道士炼的仙丹。世上本没有仙丹，吃着，吃着，人就成了仙。穆宗扇动着天使的翅膀，去了西天！

十六岁的太子李湛（唐敬宗）在懵懵懂懂中即位了。从小跟着贪玩的父皇能学到什么呢？只会更贪玩。所谓一代更比一代浪，绝对把老爸拍死在沙滩上。即位第二个月，他就迫不及待地跑到中和殿打马球，第二天又跑到飞龙院接着打。第三天大摆宴席，剧烈运动以后暴饮暴食，饮酒唱歌。

后来，唐敬宗干脆不上朝了，有什么比玩更重要？有什么比游戏更刺激？上朝听唠叨，简直浪费时间，浪费生命！

他不仅自己喜好打马球，还要皇宫内的护卫、宦官等人统统参加。大家好，才是真的好！

白天玩不够，晚上继续玩。他经常深夜带着一帮人抓捕狐狸，还把这项"体育"活动起了个有趣的名字——"打夜狐"。即便你是千年的狐狸，也逃不过我的魔爪。

在成长叛逆期的唐敬宗，对那些大家强烈禁止的事情，偏偏就要干。听说骊山风景特美，他想去看看。大臣们纷纷劝阻：陛下啊，从周幽王以来，游幸骊山的帝王没一个好下场。秦始皇葬在那里，国家二世而亡；玄宗在骊山建行宫，发生安禄山叛乱；先帝（穆宗）去旅游一趟，回来就出现意外驾崩了。

嘿，骊山真的这么凶险吗？好玩，真好玩，我倒要以身试险！唐敬宗不顾群臣反对，立即启程。到骊山，看风景。很快，安全地回到了皇宫。呵呵，这就是你们说得凶险？当我是三岁小孩吗？我去了一趟，缺胳膊少腿了吗？

一时间，大臣们竟无言以对。

皇帝沉迷玩乐，大臣忙着内斗。藩镇割据重新抬头，宦官集团把持朝政，各方势力犬牙交错，谁也不服谁，谁也不让谁。至于国家未来怎么样，老百姓过得怎么样，那不是他们关心的事情，他们的眼里只有位子、票子和面子。谁挡了路，管他是清官还是好官，统统滚蛋；谁上了道，管他是贪官还是蠢官，我都喜欢。

站队正确与否取代了是非对错。

一场看似普通的科举考试引爆了中晚唐时期著名党争的导火索。

唐宪宗元和三年（808），朝廷开设制举考试——"贤良方正能言极谏科"。已经考中进士的牛僧孺、李宗闵也参加了这次考试，在时务策中猛烈抨击时政，内容可能映射了当朝宰相李吉甫（李德裕的父亲）。

唉，这该死的党争。

李吉甫火了，让你们写点文章，还真把自己当根葱了？老谋深算的他来了个先下手为强，发挥多年磨炼的官场演技，抹着眼泪，"正义直言"，说牛僧孺、李宗闵跟主考官有私人关系，考风不正，水分太多，如此下去，国将不国。

唐朝法律规定，考生禁止向官吏请托，没有真才实学，只靠请托、徇私等关系而被录取，主考官会受罚判刑。因此，被行卷人也得有一定的鉴别人才的水平。在毛头小子面前，唐宪宗选择相信了老臣李吉甫，立即宣布将牛僧孺和李宗闵打入"冷宫"，从此不再任用。

一时间，舆论哗然。时务策原本就是让考生畅所欲言的，现在却因为别人说了实话而被打压，岂有此理？大家纷纷上书为牛僧孺和李宗闵说情。在众人唾沫星子的压力下，唐宪宗只得将李吉甫贬为淮南节度使。

牛僧孺和李宗闵一战成名，官运亨通。李吉甫死后，二人得到了重用，被提拔为监察御史、礼部员外郎。他们代表进士出身的官僚，通过科举制度改变了命运，在掌握实权之后，积极支持科举制度，反对贵族门阀制度，主张录取更多具有文学才能的人士。

而李吉甫出身名门望族，父亲乃是政治家、地理学家、御史大夫李栖筠。李吉甫是通过门荫制度进入官场的，代表了贵族豪门的利益。贵族集团自然反对科举制度，他们认为豪门子弟见多识广，站得高，看得远，能够尽快熟悉朝廷的运作流程，更容易进入状态。

　　但是，随着斗争的加剧，进士出身人士也有站队贵族队伍的，豪门子弟也有站队进士出身者队伍的。这跟唐朝科举制度的弊端有一定的关系。在唐朝，科举考生一旦被录取，必定对主考官和推荐人感恩戴德，因为没有他们的大力点赞，入围"通榜"几乎不可能。考生们称那些推荐人为"座主"，自称"门生"，大家围绕着"座主"报团取暖，排斥异己，形成了一个个的山头和圈子。所以，考试卷上不糊名，是科举初创期的一大弊端。进士出身的文人也有可能成为贵族子弟的"座主"。

　　一开始，两大集团只是暗中争斗，还没有完全撕开脸面，好歹还是宪宗当政。直到另外一场科举考试，让他们的斗争直接端上了台面。

　　唐穆宗长庆元年（821）春，钱徽担任礼部侍郎，主持科举考试。西川节度使段文昌、翰林学士李绅写来"招呼信"：某某，某某某，这几个人请你关照下，让他们直接进入通榜，考中进士。可考试结果出来，他们嘱咐的人基本上都落榜了，中书舍人李宗闵之婿苏巢、杨汝士之弟殷士及宰相裴度之子裴撰等人却全部考中。

　　岂有此理！段文昌火了，你不给我面子，别怪我翻脸不认人，他直接上书穆宗："今岁礼部贡举很不公平，所取进士皆公卿子弟，无真才实学，全凭请托得中。"

　　穆宗询问众大臣，真的如此吗？

　　李德裕（也是通过门荫入仕，后来成为宰相）因为父亲李吉甫的事情，和李宗闵（中书舍人）有了私人恩怨，赞同段文昌的说法。李绅则因向钱徽请托不成怀恨在心，点头称是，添油加醋：

"跟段文昌说的一样。"

穆宗大怒，下令彻查。结果，原先录取的人在重新组织的考试中，大部分成绩没合格。因此，礼部侍郎钱徽、中书舍人李宗闵被贬。

从此以后，李宗闵和李德裕正式结下了梁子。

高官冒火，普通文人也会跟着遭殃。

长庆二年（822），一条爆炸性的新闻占据了街头巷尾的八卦头条，十个考生被定性为"举场十恶"，著名诗人贾岛便是其中"一恶"。可惜史料《鉴诚录》只有粗略的记载：

> 贾又吟《病蝉》之句以刺公卿，公卿恶之，与礼闱议之，
> 奏岛与平曾疯狂，挠扰贡院。是时逐出关外，号为十恶。

据说，他们十个人的答卷中有讽刺权贵的嫌疑。刚刚得势的士族权贵紧锁眉头，这些人不就是当年牛僧孺、李宗闵的翻版吗？岂能让他们榜上有名？于是，他们纷纷上奏朝廷，添油加醋，称贾岛和平曾等人疯疯癫癫，讥讽科场，应该打出长安。

但是，新兴的势力岂能善罢甘休？你刨我祖坟，我挖你墙角。

唐穆宗长庆三年（823），曾经被贴上讽刺领导标签的牛僧孺升任宰相，李德裕被赶出中央，出任浙西观察使。唐文宗大和三年（829），李德裕调回中央，担任兵部侍郎。牛僧孺则被赶出中央，出任武昌节度使。

李宗闵通过与宦官套近乎的方式，迅速当上了宰相，手握人

事大权，不管三七二十一，直接将刚刚入朝的李德裕调出去，担任义成节度使。实在不好意思，谁让我看到你就烦呢？后来，李宗闵为了保住斗争成果，推荐曾经的难兄难弟——牛僧孺担任宰相（唐朝的宰相不止一个）。到了唐武宗继位之后，李德裕当权，牛僧孺被贬为循州长史。

你来我走，你升我降，"大哥"的位子变动频繁，下面的小弟们也跟着来回折腾。渐渐地，朝廷形成了以牛增孺、李宗闵为首的"牛党"，以李德裕为首的"李党"。

两党斗得你死我活，不是我上台把你干掉，就是你上台把我撸光，双方明争暗斗，一大批人跟着起起伏伏。双方从唐宪宗一直斗到唐宣宗时期，国家大事搁一边，专注斗争四十年。

有的人通过靠近并融入"党派"而飞黄腾达，有的人却陷入了"党争"而痛苦不已。

05 哎，这该死的党争

曾因创作《悯农》而闻名的诗人李绅在进入官场之后，主动向李德裕靠拢，成了李党的核心人物之一。斗争形势瞬息万变，李党由高山跌入低谷，李绅也被贬到端州（现在的广东肇庆地区）。等到李党的带头大哥李德裕再次回归权力中心，李绅的身价也水涨船高，出任淮南节度使，最终也坐上了宰相大位，不久又晋升为尚书右仆射（首席宰相，唐朝的宰相不止一个），封为赵国公（公侯伯子男爵位荣誉称号中的第一等），登上了权力巅峰。但是，在他死后，却被朝廷定性为酷吏，口碑急转直下，被剥夺"荣誉称号"，子孙也不得做官。

并不是每个文人都能像李绅这么会玩，善于借助"党争"的春风，扶摇直上。有一个著名诗人在两党的夹缝中生活得很辛苦，也很郁闷。你是风儿，我是"傻"，再怎么也无法缠缠绵绵，携手走天涯。

他小时候在父亲的教导下，五岁开始背诵儒家经典书籍，七岁开始创作诗文。可是，父亲在他十岁的时候就去世了，母亲只能带着几个孩子回到老家。在这里，他遇到了人生中第一个真正的启蒙老师——隐居世外的堂叔。这位堂叔从小就攻读《诗》《书》《礼》《易》《春秋》等书籍，不仅作得一手好古文，还能写得一手好书法。

他和弟弟跟着堂叔学习诗赋文章，钻研诸子百家。名师出高徒，渐渐地，他的楷书越写越好，诗文也越作越棒，在家乡打出了名气，人们知道了他的名字——李商隐。

可惜，没多久，堂叔也去世了。

作为家中长子，远的目标是要振兴家族，近的目标是要养家糊口。凭借一手漂亮的楷书，李商隐找到了"佣书贩春（替人抄书）"的工作。在雕版印刷术发明之前，书籍的流通主要靠手抄。但是干这种活特别累，有钱的富贵人家就会雇佣字写得不错的人替他们抄书。

按照唐朝考试惯例，想要科举成功，必须先找到达官名人推荐。小镇青年李商隐来到大都市洛阳寻找命运中的贵人。

经过朋友们的引荐，他带着自己的诗歌文章到大臣令狐楚府上"行卷"。令狐楚后来成了中唐时期著名宰相，他的骈文与韩愈的古文、杜甫的诗歌，在当时被公认为"三绝"。在这样的人面前，没点实力根本入不了他的法眼。令狐楚一看李商隐的诗文，竟然拍案叫绝。广告做得好，不如小李的文章好！他不仅大力点赞，还送来人脉，将李商隐推荐给了退休在家的白居易等大名人，并把他拉进了儿子令狐绹的朋友圈，甚至还亲自上阵，教李商隐写骈文（跟科举考试的重磅题目——格律赋差不多）。

智商在线的李商隐很快就成了骈文高手。现代著名历史学家范文澜认为只要有一本《樊南文集》（李商隐的文集），唐代其他人的骈体文可以直接打入冷宫了。白居易也非常喜欢李商隐的文章，曾经对人调侃道："希望我死后能投胎当李商隐的儿子。"

一时之间，李商隐成了万众瞩目的焦点，洛阳城的宠儿。

但是，此时的大唐已经不是昂扬向上、政治清明的盛唐，而是日落西山、党争频繁的晚唐。即便有人推荐，朝廷也未必重视真正的人才，大臣们只在乎你是谁的人。而且这个时候的令狐楚还算不上重量级的人物，他从中央调到了地方任职。从太和（也作"大和"）年间开始，李商隐前前后后至少参加了五次科举考试"马拉松"（唐朝科举每年举行一次），始终成了别人的陪跑，只拿回"谢谢参与奖"。虽然他极力鼓吹自己身上流着大唐皇室的血，但是，谁又能够验证呢？这只不过是唐朝文人们固有的营销推广技巧，把祖先认真仔细地包装一番，以期在"行卷"的时候找到关系，增加分量。李白、杜甫都用过这样的套路。一个招数用得次数多了，也就没有什么推广价值了。

无论他怎么考，怎么吹，就是考不上。

不幸中的万幸，他一直跟随在令狐楚的身边担任巡官，米袋子和菜篮子还不至于空空如也。

但是，"官帽子工程"始终进展不顺。李商隐开始发牢骚，在《送从翁从东川弘农尚书幕》写道："鸾皇期一举，燕雀不相饶。"好吧，我考不上，都是无能主考官惹的祸，不是我的错。已经考中进士的好友令狐绹写信来劝导：老李，不要放弃，继续努力！李商隐回信抱怨道："尔来足下仕益达，仆固不动。"你小子说得倒轻巧，站着说话不腰疼，饱汉不知饿汉饥。

令狐绹也很无奈，天地良心，我一直力推你。他每年都把李商隐平时的作品送到主考官那里，不停地鼓吹好友的才华。开成二年（837），李商隐硬着头皮又参加了科举考试。这次的主考官乃是令狐绹的朋友——高锴。在考试之前，他还问道："令狐老兄，你觉得这次考生中哪个最牛啊？"

令狐绹立刻激动地回答："李商隐，李商隐，李商隐！重要的事情说三遍！"（绹直进曰李商隐者，三道而退）

高锴笑着点点头，明白了！

这一年，考试"钉子户"李商隐终于被录取了。可是，恩师令狐楚却因病去世了。

为了绕过漫长的守选期，料理完令狐楚丧事的李商隐参加了吏部的博学宏词科考试，却没考中。但是考场失意，情场得意。他接到了泾原节度使王茂元发来的特别邀请。来吧，小李，我的幕僚职位任你选，我的女儿任你挑。

在巨大的诱惑面前，"贫困户"李商隐低头了，成了王茂元的幕僚兼女婿。但是，王茂元与李德裕是朋友关系，自然而然就被看作李党成员，虽然他未必融入了李党。

而令狐楚父子则是牛党成员。

令狐绹发怒了，我老爸刚死，你李商隐就投靠了我们的敌对阵营，有没有良心？有没有廉耻？居然还对李德裕的政策大力点赞？没有我，你能考中进士？

从此，李商隐被贴上了忘恩负义的标签。估计他也是一声叹息。大哥，你们身处权力中心，手捧金饭碗，闹来闹去，我连个泥饭碗都没着落，哪有资格成为党派成员、参与内斗啊？我要斗，也是跟自己饿得咕咕叫的肚子斗。唉，该死的党争！

开成四年（839），李商隐再次参加吏部考试，也许是因为岳父的关系，也许是因为李党人员的推荐，他顺利通过了考试，得到了秘书省校书郎（类似于皇家出版社的校对编辑）的职位，不久又成为弘农（今河南灵宝）县尉。因为在工作中与上级发生冲突，有个性的李商隐干脆裸辞了，懒得伺候你们，爷去参加考试了！

他积极备考，参加了吏部的科目选——书判拔萃科考试，顺利考中，重新进入了秘书省。正当他准备大展宏图的时候，命运却对他挥来一记勾拳——母亲去世了。按照古代制度，他必须要回家守孝三年，从而错过了本可以飞黄腾达的机会。因为这三年正是"李党"首领李德裕最风光的时期。

等他回到秘书省之后，天都变成了灰色。李德裕失去了最大的靠山——唐武宗，"李党"也跌入了"冰河世纪"。接着，岳父王茂元又突然病死，李商隐失去了稳定的资金支持，菜篮子也空了。

讨厌李德裕的唐宣宗继位之后，对李党进行了大清洗，牛党重新掌握政权。官职很低的李商隐虽然连被人排挤打击的资格都没有，但同时也失去了被提拔重用的可能。无奈、苦闷成了他日常生活的标配："有谁比我惨啊？"

这时，桂管观察使郑亚发来邀请函，老李，要不来桂林看看山水如何？郑亚是李党成员，所以被贬到了欠发达地区。李商隐点点头，好吧，我去！反正留在京城，也没晋升的机会。

可是，待在桂林不到一年，郑亚又被贬了，泥菩萨过河自身难保。李商隐则"光荣下岗"，加入了失业大军。

没有了稳定的工资待遇，又没有持续的扶贫资金，穷困潦倒的他只能回到长安寻找就业机会。此时的令狐绹已经进入权力中心，春风得意。要不给他写封信，叙叙旧？李商隐送去了热乎乎的老脸：令狐兄，我们之间有误会，要不咱俩面谈一次如何？

令狐绹投来了冰冷冷的双眼，谁跟你是朋友？可笑，还面谈？给你两个字：免谈！

唉，考试吧！好歹咱的考试技能还不错！中老年大叔李商隐抹了抹眼泪，又参加了吏部的考试，虽然顺利过关，却只得到了盩厔（今天的陕西周至）县尉的小职位。辗转多年，兜了很多圈子，又重新回到了起点。当年，他就在县尉岗位上裸辞的。

难道我的人生是个圆圈吗？起点就是终点，终点还是起点！郁闷又能怎样？当年因为有岳父的帮扶，我才敢唱着"红尘多可笑"，裸辞追求美好。如今我有一贫如洗的家庭，只能歌唱"老李多可笑"，生活如此糟糕。拍拍身上的灰尘，上岗吧！

没过多久，武宁军节度使卢弘正伸来橄榄枝，来徐州跟我一起干吧！

李商隐兴奋地上路了，总该轮到我时来运转了吧？卢弘正有勇有谋，跟着他铁定有肉吃！

可惜，人算不如天算。一年以后，卢弘正病死了，李商隐又下岗了！他也很郁闷。唉，人家都说千里马遇到伯乐就会好运自然来，可我的伯乐不是被人贬谪，就是直接升天。

现在想做县尉也回不去了！

上天估计也在嫉妒李商隐的才华，不把他蹂躏几遍，不会放他去升仙。

随着妻子王氏的病故，李商隐一度想要出家为僧，人生这么痛苦，何必如此执着？

但是，他的名字早就威震文坛，欣赏他的人也有很多。西川节度使柳仲郢力邀李商隐去四川担任参军。这一次，会不会又是短暂的偶遇呢？嘿，管他呢！如今的我烂命一条，大不了再次下岗嘛，情况还能坏到哪里去？李商隐唱着"忐忑"去了四川，总算过上了比较安定的生活。几年之后，柳仲郢调回中央。临走前，他给李商隐安排了一个官职不大、油水很多的"肥差"——盐铁推官，工资高，待遇好，奖金补贴也不少。干了几年，李商隐回到了老家，带着震撼四方的文学作品去了天上人间。

愿天堂没有痛苦和党争！

唐宣宗继位之后，着力解决党争问题。随着牛僧孺、李德裕相继病死，牛党的元气大伤，李党成员很多也被贬往那些遥远的地方。专注斗争四十年的"牛李党争"总算落下了帷幕，但是，唐朝的政治生态被搅乱了。

在毫无原则的党争面前，普通人的努力显得多么苍白无力。当"你是不是我的人"代替了"你是不是有才能"，当"你得为我服务"代替了"你得为国尽忠"，才华又显得多么可笑。

第四章

送你离开，千里之外

（离别忙；写信忙）

01 此番离去，见面是何年

扬子江畔，柳絮飘飘，而我内心的愁绪犹如这漫天乱飞的杨花，看着你登上船头，离别的亭子里响起了风笛的声音。从此以后，你我天各一方，你南下，我北上，前途一样的渺茫。唉，再见了，兄弟！

晚唐诗人郑谷站在风中，没有心思去捋那几根还在坚守岗位的头发。十几年了，他始终在北上、考试、回家、再北上、再考试的反复循环中折腾，好朋友如今也要离去，到南方寻找工作，而他则要继续前往长安，考试！继续孤独地奋斗！

感慨万千的他作诗一首——《淮上与友人别》：

> 扬子江头杨柳春，杨花愁杀渡江人。
> 数声风笛离亭晚，君向潇湘我向秦。

在不远处的宣城，谢公亭（南齐诗人谢朓任宣城太守时所建）里，又一个屡考不中的诗人许浑也写下过一首离别诗——《谢亭送别》：

劳歌一曲解行舟，红叶青山水急流。

日暮酒醒人已远，满天风雨下西楼。

唱着离歌，解开绳索，送你离开，千里之外。山上的叶子红了，我的心也凉了，江水为何那么快？夕阳西下，醉眼迷蒙，再也看不到你的身影，我只有在漫天的风雨中独自走下楼阁。

为什么古人会如此重视离别呢？现在的人基本上没有这样的体会。古代没有高铁、汽车和飞机，交通不便，道路不通，出去求学、考试、求官、贬谪、做生意等，往往一去就是很多年，杳无音讯。没有电话、微信和视频，一走，可能永远也见不了面了。于是，便有了依依不舍的送别，仪式感满满。

长安的灞桥是唐朝人出入京城的重要关口，必经之地，桥下是护卫长安的天然军事屏障——灞河，两岸杨柳依依，风景秀丽。周边还有送别亭（霸陵亭等）、"商务酒店"（驿站）等，因此，这里成了唐朝文人送别朋友、情人的重要地点，在《全唐诗》中，与灞桥相关的诗歌就有几百首。大诗人王昌龄还专门为灞桥写过一篇《灞桥赋》。

"惟梁于灞，惟灞于源，当秦地之冲口，束东衢之走辕……"说明这里地处交通要道；"薄暮垂钓，平明去耘，傍连古木，远带清濆。昏晓一望，还如阵云……"可以看出这里风景优美。

诗人黄滔看着好友林宽科举落榜，将要回家，来到灞河边送行。唉，小林，别伤心，当年的我也是考了很多次，几十年，见证了考场的黑暗和人世的凄凉，好不容易才考中。我太能理解你的心情了，曾经的我，也为自己写了很多落第诗，不信你看：

入关言怀
背将踪迹向京师，出在先春入后时。
落日灞桥飞雪里，已闻南院有看期。

秋辞江南
灞陵桥上路，难负一年期。积雨鸿来夜，重江客去时。
劳生多故疾，渐老少新知。惆怅都堂内，无门雪滞遗。

老弟，我也曾满怀梦想，一次次地踏入长安，一次次地失落悲伤。唉，你在长安城中并不自由，也不开心，回家也好。临别时分，送你几首小诗，当作饭后消遣吧！

送林宽下第东归
为君惆怅惜离京，年少无人有屈名。
积雪未开移发日，鸣蝉初急说来程。
楚天去路过飞雁，灞岸归尘触锁城。
又得新诗几章别，烟村竹径海涛声。

两晋南北朝的中下层文人没有上升的机会，"世胄蹑高位，英俊沉下僚。"到了唐朝，科举面前，虽然不是人人平等，却让底层的人有了撕开命运一道口子的手段。文人们看到了希望：只要给我一个支点，我就敢去撬动地球。向长安城前进，考试，求官，不放过任何一次机遇。

大唐的强盛离不开这些坚强不屈、百折不挠的人。

但是，僧多粥少，科举录取率极低，大部分人成了炮灰和陪跑，只能走出长安，来年再战。路过灞桥，总有一种莫名的痛。我们曾从这里意气风发地进入长安，却又从这里失魂落魄地离开。落第诗成了送别诗的重要内容。

即便成功登第，进入官场，也得从基层干起。大家出任地方的时候，也要经过灞桥，前往目的地。

送熊九赴任安阳

魏国应刘后，寂寥文雅空。

漳河如旧日，之子继清风。

阡陌铜台下，闾阎金虎中。

送车盈灞上，轻骑出关东。

相去千余里，西园明月同。

即便留在京城，朝廷内斗频繁，风云突变，一不小心，就会被贬，经过灞桥出去，回望长安，无限感慨。

送王大昌龄赴江宁

君行到京口，正是桃花时。舟中饶孤兴，湖上多新诗。

潜虬且深蟠，黄鹄举未晚。惜君青云器，努力加餐饭。

昌龄兄，虽然心情不好，但一定要多吃饭啊！别伤了身体。

也有朋友、亲人来京城游玩，走亲戚。送别的地点，往往也在灞桥。

浐水东店送唐子归嵩阳

野店临官路，重城压御堤。山开灞水北，雨过杜陵西。

归梦秋能作，乡书醉懒题。桥回忽不见，征马尚闻嘶。

看着家乡来的人，诗人的乡愁涌上心头，哎，我也多想回到家乡，回到她的身旁。

离别时分，总要送点什么东西的。土特产？碎银子？保暖衣？干粮饼？这些肯定或多或少都有一些，但是，放进诗歌，又不太高雅。写他送了我三包土特产？买给我一只老母鸡？我口袋里又多了三五斗？虽然这些很实用，但实用的往往不够诗意。读者们会觉得你很俗气。于是，便有了折柳送别。

灞河两岸，最不缺的就是柳树。微风一吹，柳条轻摇，你挨着我，我靠着你，仿佛离别之人的心情，依依不舍。而且柳树生命力很强，无论在什么地方，都能成长，大家希望走出去的亲朋好友像柳树一样随遇而安，身体康健。

柳枝、柳叶也有治病的功能和驱邪的传统。古人有清明节插柳的习俗，"清明不戴柳，红颜成皓首"。清明时节，如果将新发芽的柳枝戴在头上，能让人一直像个"小鲜肉""小姐姐"，年轻态，有活力。辟邪这种说法，就是一种从众心理，宁愿信其有，不可信其无。反正又不需要成本，求个心里安慰嘛！大家折，我也折。

当然，也有说法是："柳"和"留"谐音，折柳有挽留的意思，代表着不舍和思念。

不管什么含义，具有实用价值的土特产、碎银子可以装在包里，放在暗处；具有精神价值的柳条得拿在手上，写在诗里。俗气的一面留给自己，优雅的一面留给别人。因此，折柳诗犹如潮水般涌来。

送别

溪边杨柳色参差，攀折年年赠别离。

一片风帆望已极，三湘烟水返何时。

多缘去棹将愁远，犹倚危亭欲下迟。

莫嫌酒杯闲过日，碧云深处是佳期。

折杨柳·纤纤折杨柳

纤纤折杨柳，持此寄情人。一枝何足贵，怜是故园春。

迟景那能久，芳菲不及新。更愁征戍客，容鬓老边尘。

青门柳

青青一树伤心色，曾入几人离恨中。

为近都门多送别，长条折尽减春风。

诗歌里流露的大多是悲伤与不舍。其实最受苦的是柳树：我招谁惹谁了，好端端地被你们折成了秃子。

有时，人们也折其他的东西。比如松枝，"杨柳青青满路垂，赠行惟折古松枝"（戴叔伦《妻亡后别妻弟》）；花枝，"樱桃花下送君时，一寸春心逐折枝"（元稹《折枝花赠行》）；芳草，"赠君芳杜草，为植建章台"（张说《岳州宴别潭州王熊二首》）。

能写进诗的，都可以折；写不进来的，折也折不了。

离别之后，相互思念，怎么办呢？

远方的他（她）怎么样了？变心了吗？亲人们都在干吗？身体还好吗？好朋友现在考上了吗？谈恋爱了吗？找到工作了吗？

此时此刻，一纸来自远方的书信，会给彼此疲惫的心灵以巨大的安慰。

在中国历史上，尽管官邮出现很早，可是私邮却落后很多，民间通信极不方便。在明代以前，百姓通信基本上都靠私人、朋友传递。而私人传递基本上没有时间与安全的保证，很多书信可能都送不到对方的手中，你还无法投诉。因此，书信在古人的心中是非常重要的，它能让远在他乡的异客倍感家庭的温暖，给在外拼搏的人巨大的鼓励。《孟冬寒气至》有"客从远方来，遗我一书札。上言长相思，下言久离别。置书怀袖中，三岁字不灭。一心抱区区，惧君不识察"。

"烽火连三月，家书抵万金。"战争阻隔了回乡的路，一封报平安的书信，比万两黄金还珍贵；"寄书长不达，况乃未休兵"，寄出去的书信始终没能送达，肯定是战斗还未停歇；"复恐匆匆说不尽，行人临发又开封"，写出的信，装不尽心头的思念和挂牵，唯恐心中的话没有说完，送信的朋友，等一等，让我再拆开，补充几句话："乡书不可寄，秋雁又南回。"写出的信，纵有千言万语，我又能寄给谁呢？

残酷战争、千里赴考、外出经商、读书求学等，都磨灭不了来自远方亲人关怀的温情。在分隔两地的遥远距离中，书信让人的心灵渴望相通，让距离不再遥远，让沟通有了凭借，让爱有了飞跃。

书信的创作过程相比电话、短信、微信等现代沟通方式，需要更多的心力，倾注更多的感情，耗费更多的时间。不能复制粘贴，只有笔尖在纸上静静地流淌，就算是抄写，也得一笔一画抄清楚，更能体现一个人的诚意。与之对应的，我们在等待一封信时的心情也是复杂的，从开始等待的那份期待，到收到信后的兴奋，到最后看完信后的欣慰。书信传递的是一份更浓的情意。

翻看那些亲人关怀的信、朋友鼓励的信、同学安慰的信等，即便时光荏苒，物是人非，至少还存留了一份他人从我们生命中路过的痕迹。

书信，在距离中便有了生命。信的魅力就在于它让两个相隔千里的人有了面对面安静交流的机会，没有争执，没有吵闹，只有两个人心与心的碰撞，温馨而祥和。

02 想想咱们激情燃烧的岁月

　　元稹和白居易常常在工作之余，一起游玩，一起写诗。即便日后身处异地，也动不动写诗写信，相互安慰。当元稹出使东川以后，白居易与弟弟白行简、朋友李杓直同游慈恩寺的时候，想起了元稹。唉，老元不在，真没劲！他写下了《同李十一醉忆元九》："花时同醉破春愁，醉折花枝作酒筹。忽忆故人天际去，计程今日到梁州。"

　　小元，你走后，我经常掰着指头掐算，想来今天你应该到梁州了。写首诗寄给你，表达我的思念。

　　而身处梁州的元稹居然梦见了白居易，醒来写了一首《梁州梦》："梦君同绕曲江头，也向慈恩院院游。亭吏呼人排去马，忽惊身在古梁州。"

　　老白，昨天晚上我在驿站睡觉梦到你了，却被送书信的"邮差小哥"吵醒，原来是天亮了，而我们已经不再一起了。唉！

　　白行简都吃醋了。喂，大哥，到底谁是你亲弟弟啊？你俩也太腻歪了吧？

　　在被贬的时候，二人也会相互鼓励。担任左拾遗的元稹上疏直言不讳地议论国家大事，被贬到了河南县（今属洛阳）。白居易写来一首《赠元稹》：

自我从宦游，七年在长安。所得惟元君，乃知定交难。
岂无山上苗，径寸无岁寒。岂无要津水，咫尺有波澜。
之子异于是，久处誓不谖。无波古井水，有节秋竹竿。
一为同心友，三及芳岁阑。花下鞍马游，雪中杯酒欢。
衡门相逢迎，不具带与冠。春风日高睡，秋月夜深看。
不为同登科，不为同署官。所合在方寸，心源无异端。

不管风云变幻，世界末日，你我二人的友谊天长地久。

当白居易被贬为江州司马的时候，同样身处贬所的元稹生了
重病，躺在床上，感觉自己将要死了。赶紧写信给白居易，一是
报告病状；二是叙述自己的心态；三是回忆两人的友情岁月。唉，
那激情燃烧的时光啊，我还能不能等到与你携手共游的那一天？
最后，元稹还附赠诗歌一首——《闻乐天授江州司马》："残灯
无焰影幢幢，此夕闻君谪九江。垂死病中惊坐起，暗风吹雨入寒
窗。"老白，听闻你被贬，身患重病的我也惊得从床上坐起来，
心里感觉哇凉哇凉的！

元稹还特意整理平时的文章，交给两人共同的朋友——熊孺
登，希望以后能送给白居易，请他代为保管。

收到来信的白居易心如刀绞，这不分明在写遗嘱吗？都病成
这样了，还关心我过得好不好？有你这样的好朋友，夫复何求？
可是，你写这样的诗句，旁人听了都要落泪，何况是我呢？每次
吟诵起来，我的个心脏啊，受不了，受不了！"至今每吟，犹恻
恻耳。"

白居易提笔写下了著名的《与元微之书》：

四月十日夜，乐天白：微之微之！不见足下面已三年矣，不得足下书欲二年矣，人生几何，离阔如此？况以胶漆之心，置于胡越之身，进不得相合，退不能相忘，牵挛乖隔，各欲白首。微之微之，如何如何！天实为之，谓之奈何！

仆初到浔阳时，有熊孺登来，得足下前年病甚时一札，上报疾状，次叙病心，终论平生交分。且云：危惙之际，不暇及他，唯收数帙文章，封题其上曰："他日送达白二十二郎，便请以代书。"悲哉！微之于我也，其若是乎！又睹所寄闻仆左降诗云："残灯无焰影幢幢，此夕闻君谪九江。垂死病中惊坐起，暗风吹雨入寒窗。"此句他人尚不可闻，况仆心哉！至今每吟，犹恻恻耳。

且置是事，略叙近怀。仆自到九江，已涉三载。形骸且健，方寸甚安。下至家人，幸皆无恙。长兄去夏自徐州至，又有诸院孤小弟妹六七人提挈同来。顷所牵念者，今悉置在目前，得同寒暖饥饱，此一泰也。江州风候稍凉，地少瘴疠。乃至蛇虺蚊蚋，虽有，甚稀。湓鱼颇肥，江酒极美。其余食物，多类北地。仆门内之口虽少，司马之俸虽不多，量入俭用，亦可自给。身衣口食，且免求人，此二泰也。仆去年秋始游庐山，到东西二林间香炉峰下，见云水泉石，胜绝第一，爱不能舍。因置草堂，前有乔松十数株，修竹千余竿。青萝为墙援，白石为桥道，流水周于舍下，飞泉落于檐间，红榴白莲，罗生池砌。大抵若是，不能殚记。每一独往，动弥旬日。平生所好者，尽在其中。不唯忘归，可以终老。此三泰也。计足下久不得仆书，必加忧望，今故录三泰以先奉报，其余事况，条写如后云云。

微之微之！作此书夜，正在草堂中山窗下，信手把笔，随意乱书。封题之时，不觉欲曙。举头但见山僧一两人，或坐或睡。又闻山猿谷鸟，哀鸣啾啾。平生故人，去我万里，瞥然尘念，此际暂生。余习所牵，便成三韵云："忆昔封书与君夜，金銮殿后欲明天。今夜封书在何处？庐山庵里晓灯前。笼鸟槛猿俱未死，人间相见是何年！"微之微之！此夕我心，君知之乎？乐天顿首。

"微之微之"反复出现，叫得多亲热！不愧是一起刷过考题、追过女孩、遭过灾难的好兄弟。

咱俩何时才能相见？老兄，向你报告下，这里风景不错，美食多多。我吃得好，穿得暖，偶然还能游山玩水，所以，你不必担心！我现在只有一个遗憾，你不在身边，好想你！这不，我坐在窗前，伴着明月，给你写信。不知不觉，天都快亮了。听到山猿谷鸟传来的声音，仿佛像那梦里呜咽中的小河，听到远去的谁的步伐，都是你我哀伤的眼神。

微之，微之，好兄弟，你知道我现在的心情吗？你知道吗？你知道吗？

两人书信不断，《叙诗寄乐天书》《与元九书》……除了这些，还有数不清的诗歌；除了相互问候，表达思念，也会一起探讨人生、梦想和创作理念。他们在困难的时候通过书信相互慰藉，在得意的时候通过书信相互分享。

除了"元白",大唐还有一对"腻歪"的"兄弟组合"。

当年,安禄山率军攻入长安城,王维不幸被俘虏。安禄山笑了,老王是一块金字招牌啊!他要愿意在我手底下当官,那我在文人们中的"粉丝数"还不噌噌往上涨啊!

但这是叛变,是失节,会被钉在历史的耻辱柱上。安禄山在东都洛阳广发英雄帖,大摆庆功宴,强迫大家到宴会地点——凝碧池,喝酒聊天看美女。王维不去,假装吃药,对外宣称得了病。

大老粗安禄山不管三七二十一,不出来是吧?那我让你们知道什么叫强烈的视听震撼。在庆功宴上,有个唐王朝宫廷的乐工叫雷海青,不愿给叛乱分子演奏,直接将乐器摔得稀巴烂。结果,安禄山命人扒光雷海青的衣服,现场上演活体解剖。惨叫声震天动地,一时间,人人自危,这些土匪太狠了。对于王维,安禄山不来硬的,让人把他软禁在寺庙里,强行给他安排了个官职,拿工资不干事也行!反正你就负责貌美如花,一切消费,由我来刷卡。

正在王维身处险境、矛盾落寞的时候,他的好朋友裴迪冒着巨大的风险来看望他。裴迪也是有名的山水诗人,曾经跟王维一同在终南山隐居过。两人一起赏过花,一起游过山,还一起畅想过未来。

看到好友不顾自身危险,跋山涉水来看他,王维泪流满面,真是我的好兄弟。临别时分,赠诗一首,请将它留给后人,以表明我的心志,即便死,也要死得清清白白。秀才遇到兵,有理说不清,咱也是身不由己啊!

王维写下了《凝碧池》：

> 万户伤心生野烟，百僚何日更朝天。
>
> 秋槐叶落空宫里，凝碧池头奏管弦。

唉，满城尸骨，荒凉萧条，他们却在凝碧池吃着火锅聊着天。庆祝？可笑，可悲！他们庆祝什么？砍人吗？什么时候才能朝见天子啊？我强盛的大唐怎会沦落到如此地步？

裴迪泪眼朦胧，紧紧握着王维的手。我理解，我理解，好兄弟，什么都不说了，我一定将你的处境告诉世人。

后来，唐军反败为胜，相继收复长安、洛阳。但是，政治清算开始了。

王维和其他在安禄山时期做过官员的人统统被打入监狱，被押到长安候审。皇帝向来对叛变的人不会心慈手软，不管你是被迫的，还是自愿的，宁可错杀一千，也不会放过一人，否则以后谁还会对他们忠心耿耿？

王维的弟弟王缙因为参与平叛安史之乱立了大功，请求朝廷将自己从官名册中除名，意味着永不录用。我什么荣誉、官职都不要了，只求为哥哥赎罪！

唐肃宗很感动，有心要放手！

裴迪又送来《凝碧池》，我可以作证，王维当时有多么的无奈和伤心。皇帝看到"百僚何日更朝天"的句子，很感动，原来老王一直期待着跟我见面啊！唉，叛乱四起，我和我老爸也有责任，虽然嘴上不能承认，却可以做个顺水人情。

最终，王维死里逃生，只被降职处理。

从此以后，他彻底想通了，放飞了，用土豪的方式砸巨资打造著名的辋川别墅，过起了半官半隐的生活。每天闲暇时间，游山玩水，弹琴唱歌。可是，日子长了，也有点无聊。要不叫裴迪来玩玩？怎么让他赶快来呢？心动，就会行动。我把辋川的美景展示给他，那家伙也特别喜欢大自然，必定会被吸引过来。

于是，王维写下了《山中与裴秀才迪书》：

近腊月下，景气和畅，故山殊可过。足下方温经，猥不敢相烦。辄便往山中，憩感配寺，与山僧饭讫而去。

北涉玄灞，清月映郭。夜登华子冈，辋水沦涟，与月上下。寒山远火，明灭林外。深巷寒犬，吠声如豹。村墟夜舂，复与疏钟相间。此时独坐，僮仆静默，多思曩昔携手赋诗，步仄径，临清流也。

当待春中，草木蔓发，春山可望，轻鲦出水，白鸥矫翼，露湿青皋。麦陇朝雊。斯之不远，傥能从我游乎？非子天机清妙者，岂能以此不急之务相邀？然是中有深趣矣。无忽。因驮黄蘗人往，不一。山中人王维白。

秀才是对裴迪的称呼，也是对他才华的肯定。在隋朝和唐朝初期，秀才科（跟明清时期的秀才毫无关系）是最难考的科目，在隋文帝的时候就有了。秀才的意思原指"才之秀者"，有才能的人，其考试项目不求多，而求精，考的是"方略策"。针对国家存在的问题进行深入阐述，考察文采、语言运用能力和分析解决问题的能力。秀才科好比现在顶级大学里的顶级专业，录取分数特别高。所以，从隋朝一直到唐高宗前期，每年考中秀才科的只有一两个人。一旦考中，地位也极为崇高，担任的官职比考中进士科的人要高得多。

但是考试太难，录取极少，容易打击大家的积极性。如果一个大学里的专业一年只录取一两个人，报考的人肯定也不会多。所以，秀才科在唐高宗永徽二年就停止"招考"了。从此以后，进士科和明经科成为科举考试的两大主要科目。

老裴，我估计你正在看书学习，你知道我在干什么吗？嘿嘿，我在山上感配寺跟主持吃过斋饭以后，独自一个人乘着夜色游玩。你看，我在月光下，登上了华子冈。辋水泛起了涟漪，水波荡漾着月亮，月亮装载着水波。远处传来了狗叫声、舂米声，偶尔还有稀疏的钟声。此时此刻，我一个人安静而孤独地坐着，想起了曾经，咱俩挽着手，唱着歌，在狭窄弯曲的小路上漫步，沿着青草铺地的河边走路。

等到了明年春天，草木生长，山景可赏，轻快的鱼儿跃出水面，白色的鸟儿自由飞翔，晨露打湿了草地，雄鸡鸣叫在麦田。你能跟我一起游玩吗？我知道你乃性情中人，和我一样，否则，我也不敢打扰你啊！我拜托运木头出山的人给你带去这封信，具体的美景，我就不叙述了，等你来发现。

诗人仿佛用高清相机拍下绝美的风景，寄给远方的朋友，怎么样，帅吧？美吧？来，一起玩！你还犹豫什么呢？还等什么呢？看过，就不要错过！

王维把信做成了山水画，也有人把信写成了朦胧诗。

03 思念，为何像一杯冰冷的水

唐朝才女鱼玄机原名鱼幼微，父亲是个落魄秀才，因病过世后，母女生活无着落，只好帮着妓院洗衣做饭干杂活（并不是做妓女）。在那个时候，妓院效益好，待遇高，干杂活能解决两个人的温饱。

大诗人温庭筠没事就到妓院寻找创作的灵感，看到鱼幼微年纪很小，却认识字，写得诗，老温低声问道：做我女弟子如何？鱼幼微单纯地点点头，好的啊！

时间一点点地过去，幼微一点点地长大，不仅诗词歌赋样样行，长得还特别水灵。鱼幼微对这个贫穷的才子老师，产生了一种莫名的情愫，时不时凝视着老师的脸庞。

那吹弹可破的皮肤，微微张开的小嘴，春水荡漾的眼睛。唉，受不了啦！温大叔的心也乱了，难道久经情场的我也沉沦了？不行，不行，她可是我的徒弟啊！

结束，必须尽快结束！我养一个老婆都困难，怎么养得起小妾？

温庭筠离开长安，去了襄阳担任刺史徐简的幕僚（参谋助理），分别以后，鱼幼微忍不住的思念，寄来《早秋》：

嫩菊含新彩，远山闲夕烟。凉风惊绿树，清韵入朱弦。
思妇机中锦，征人塞外天。雁飞鱼在水，书信若为传。

天气渐冷，相思倍增。想要写封信给你，却找不到可以带信的人。

温庭筠发来慰问函——《早秋山居》：

山近觉寒早，草堂霜气晴。树凋窗有日，池满水无声。
果落见猿过，叶干闻鹿行。素琴机虑静，空伴夜泉清。

还是那么的克制，只谈风景，不谈情感。现在的我，行走在山林中，有树有池又有音乐。

很快，鱼幼微嫁人了，新郎却不是温庭筠。

她在郊外游玩的时候，碰到了一个"男神"——李亿。小李一表人才，又是新科状元，谈吐优雅，出口成章。幼微瞬间沦陷了，两人干柴烈火，一点就着。她立即写信给老师：大叔，我恋爱了。

收到来信的温庭筠既后悔又高兴。我的爱情鸟飞走了，但她好歹有了幸福的家。李亿不错，跟着他，有前途！

但是，嫁给李亿的鱼幼微并未体验到新婚的快乐，因为丈夫辗转各地做官，两人聚少离多，她只能把自己的思念化作一封封书信：《情书寄李子安》《隔汉江寄子安》《江陵愁望有寄》《寄子安》……继承并发扬了温庭筠爱情诗的风格。

比如《隔汉江寄子安》：

江南江北愁望，相思相忆空吟。

鸳鸯暖卧沙浦，鸂鶒闲飞橘林。

烟里歌声隐隐，渡头月色沉沉。

含情咫尺千里，况听家家远砧。

滔滔江水，将你我隔离，唉，好想你啊，我的情哥哥！想当初，我们互相爱慕，吟诗作赋，好不快活！如今却对着江水独自一人。看着沙滩上的鸳鸯卧在一起，依偎取暖。一对鸂鶒鸟飞翔在橘林上空，嬉戏鸣叫。它们这是在嘲笑我吗？此情此景，教我如何不想你？

你知不知道，寂寞的滋味，寂寞是因为思念谁？

比如《春情寄子安》：

山路欹斜石磴危，不愁行苦苦相思。

冰销远涧怜清韵，雪远寒峰想玉姿。

莫听凡歌春病酒，休招闲客夜贪棋。

如松匪石盟长在，比翼连襟会肯迟。

虽恨独行冬尽日，终期相见月圆时。

别君何物堪持赠，泪落晴光一首诗。

漫漫长夜，无心睡眠，我该如何让哥哥看到我的相思泪？唯有写上一首诗，寄托我的落寞和悲伤。

只可惜，一封封热情似火的书信却挡不住爱情的冷却。李亿的原配妻子发怒了，你们两个当老娘不存在吗？嚣张，跋扈！还情诗来情书去，就你会写诗？老娘一声吼，李家抖三抖！老娘要你走，谁敢张下口？

李亿在出身贵族、背景强大的正妻面前，抛弃了出身寒门的鱼幼微，把她送进了道观，做了女道士。从此以后，鱼幼微成了鱼玄机。

写信如果收不到回复，该是多么的凄凉和悲伤。

唐朝女诗人薛涛四十二岁那年，风流才子元稹任监察御史，出使四川附近。年轻人火气正旺，早就听说薛美人大名，苦于家中老婆约束，现在好不容易外出，心还不起飞啊！

我要约到她，迫不及待的元稹在朋友严绶的牵线搭桥下，终于见到了名闻天下的薛涛。

哇，心跳的感觉！

呀，脸红的节奏！

风韵犹存的半老徐娘遇到了帅气高大的风流才子，教我如何忘了他？薛涛不顾一切地爱上了元稹。渐渐地，写诗的风格都变了。原来写的诗意境开阔，慷慨激昂，没有女人常有的委婉凄楚。明朝唐诗专家胡震享评论薛涛"工绝句，无雌声"。自从认识小鲜肉，雌性荷尔蒙分泌过旺，女中豪杰秒变依人小鸟，见面第二天，她就写了《池上双凫》："双栖绿池上，朝去暮飞还。更忆将雏日，同心莲叶间。"

元大官人，我们要朝朝暮暮，卿卿我我，从此不分离啊！

两人手拉手徘徊江边，穿过树林，相伴月下，拥抱风中。爱情原来是如此的甜蜜。元稹虽然比薛涛小，恋爱的经验却不少。此番担任监察御史，恋爱只是政治上的附属品。他在地方平反冤案，弹劾贪官，结果很快被官场老油子们排挤去了洛阳。工作黄了，姐弟恋也凉凉了。

失意的元稹带着疲惫与郁闷去了远方，本想大展宏图的他却被残酷打压，哪还有心思在这里缠绵悱恻？沉浸在爱情甜蜜中的薛涛无语了，可她又能怎么样呢？元稹既没有说带她走，也没有说娶回家。元稹向来"广积粮，缓称王"，什么也没说，就等于什么都说了。

不行，我不能这么等下去，他不主动给我写信，那我就主动点。一组《春望词四首》寄给远方的弟弟：

花开不同赏，花落不同悲。欲问相思处，花开花落时。

揽草结同心，将以遗知音。春愁正断绝，春鸟复哀吟。

风花日将老，佳期犹渺渺。不结同心人，空结同心草。

那堪花满枝，翻作两相思。玉箸垂朝镜，春风知不知。

春风吹过，花开花落，回头发现，你不见了，突然我的心乱了，你挥一挥手，不想带走一片云彩，是吗？是吗？

是的！

元稹根本无暇顾及薛涛，妻子韦丛突然去世，痛苦不已的他写下《离思五首·其四》，其中两句名垂千古："曾经沧海难为水，除却巫山不是云。"曾经领略过苍茫的大海，就觉得别处的水相形见绌；曾经领略过巫山的云霭，就觉得别处的云黯然失色。自从遇见了我的爱妻，其他的女子都算不得女人。在元稹眼里，只有出身名门、知书达理、贤惠持家的妻子才是他的最爱，其他不过是一阵云烟。"广积粮，缓称王"的前提是"高筑墙"，娶妻娶的是现实，恋爱恋的是幻想。

薛涛依旧不死心，是不是我的信不够有创意？

失落的薛涛走在浣花溪旁，突发奇想，做起了试验。她把附近木芙蓉的树皮煮烂，融入芙蓉花的汁液和浣花溪的清水，做成桃红色的纸张，特别适合写情书，人称薛涛笺（笺指文书用纸）。从此文人雅士、怀春少女都喜欢上了这种纸。

薛涛把情诗写在粉色的笺纸上，一颗红心飞向弟弟的身旁。远方的元稹却没有放在心上。

元稹属于极为理智型的恋爱高手，谈谈可以，结婚嘛，还得讲条件的，"贫贱夫妻百事哀"就出自他的手笔。他不可能娶一个风尘女子，而且还是个大姐姐，那得多影响他的官场前途？

收了那么多薛姐姐粉红色的信，总不能无动于衷吧？元稹提笔写下了一首《寄赠薛涛》：

> 锦江滑腻蛾眉秀，幻出文君与薛涛。
>
> 言语巧偷鹦鹉舌，文章分得凤凰毛。
>
> 纷纷辞客多停笔，个个公卿欲梦刀。
>
> 别后相思隔烟水，菖蒲花发五云高。

蜀地美丽的山水养育了卓文君和薛涛姐姐这样的才女，口才文章第一流，文人公侯自愧不如。分别后，山重水复也挡不住我的无限思念，就像庭院里菖蒲花开那么繁盛，像天上白云那么厚重。

薛姐姐，多日不见，我很想你的！此时的元稹因为得罪上司，被贬到江陵做了士曹参军，正需要安慰。

薛涛激动得樱桃小嘴直抖，啊，他居然回信了，还很想我！为了你，即使踏遍千山万水，我也要来给你安慰。

薛姐姐不顾辛劳，从四川跑到江陵。可是，安慰完了，一切照旧。元稹依旧不作任何承诺。薛涛终于明白了，自己不过是一厢情愿地飞蛾扑火，何必呢？她走了，带走了决绝与痛苦。

很快，元稹娶了大家闺秀裴淑为妻。情场可以精彩，家族需要常在，女人不能成为晋升的阻碍。

薛涛也淡然了，身份卑微的她跟青楼女子差不多，谁又能真正爱上她呢？娶回家岂不耽误前程？感情中没有对错，没有渣女和渣男，我一厢情愿扑过去的，怪不得别人！

她决定和过去告别，与自己和解，提起笔，给元稹写了最后一封诀别信——《寄旧诗与元微之》：

诗篇调态人皆有，细腻风光我独知。

月下咏花怜暗澹，雨朝题柳为欹垂。

长教碧玉藏深处，总向红笺写自随。

老大不能收拾得，与君开似好男儿。

之前花前月下早已暗淡，恋爱不过是一厢情愿，从此好自为之，你我普通朋友对待。

第五章

大饭桌上的圈子文化

（吃饭忙；应酬忙）

01 呼哈，咱们今儿真高兴

长安城东南角，曲江池边，春光明媚，杨柳抽芽，桃花飘落。微风吹过，湖面仿佛刚刚苏醒的少女，撑着懒腰，打着哈欠，吐着香气，洁净的脸上泛起了微微红晕。曲江池在汉朝时期只是一个人工湖，到了隋文帝修建大兴城时，作为名胜被保留下来。迷信的隋文帝觉得"曲"字不好听，直接将湖改名为芙蓉池，反正他是皇帝，想干吗干吗。到了唐朝，又重新改回了原来的名字。

曲江池周边有很多名胜古迹，比如大雁塔、青龙寺等。大量新科进士们蜂拥而至。

唐朝时候，进士科公布录取名单（放榜）一般在春天的二月或三月初，所以榜单也叫"春榜"。新科进士们的名字被贴到墙上。小姑娘们在下面轻声朗读，某某，某某某，啊，那人还是大帅哥呢！啊，那位小哥哥我见过！

这得多让男人们兴奋与自豪？多年的压抑必须要找个形式释放释放。吃饭，喝酒，赏美景，看美人！

于是，新科进士们凑钱举办狂欢"派对（宴会）"，基本都是"AA制（到了五代时期及以后，改为朝廷出钱）"。在美丽的曲江池边，赏着美景吃大餐，看看美人聊聊天，既是相互认识拓展交际圈的好机会，又是释放多年备考压抑心情的好方式。

这样的宴会叫"闻喜宴"，听闻金榜题名，心中甚是欢喜，喝杯小酒助助兴。

但在唐朝，考中进士并不意味着马上就有官做，通过吏部常规或非常规的考试——铨选（关试）以后，才能正式进入"体制内"。进士们才能彻底放飞自我，将炫耀进行到底，吃饭、娱乐、游玩……

"考上了，终于考上了！妈妈，我成功了！"中年及第的孟郊兴奋得眼泪哗哗地流，双手不停地抖。要是能坐上火箭，他恨不得下一秒出现在妈妈的面前。

进士及第，我在榜上。孟郊又上前确认了一下，的的确确考上了。他的内心五味杂陈，酸甜苦辣一下子全涌上来。眼前浮现出之前常常梦到的情景：担心他迟迟不归的母亲，布满皱纹、不断颤抖的手上拿着缝衣针，一针一针地为儿子缝补破了洞的衣服。啊，孟郊发出一声长期憋屈的嘶吼，爷终于可以扬眉吐气啦！于是兴奋地写下一首诗歌："昔日龌龊不足夸，今朝放荡思无涯。春风得意马蹄疾，一日看尽长安花。"

从"疾"与"一夜""看遍"等词，可以看出当时他多么兴奋，想必他母亲也会非常开心：我儿子好棒，真牛！

为什么考中进士还要看尽长安花？又是什么花呢？

这只是关宴上娱乐项目中的一个。关宴是通过最后一关考试——吏部铨选之后的大型宴会，乃是及第考生们宴会中规模最大、时间最长的宴会。除了吃饭，还有很多疯狂的娱乐活动，比如曲江亭宴、曲江泛舟、杏园探花、寺塔题名等，总称为"曲江大会"。

首先，便是在曲江池边的亭子里举行宴会。既有酒楼端来的丰盛大餐，又有教坊请来的漂亮歌伎。除了及第考生，考官们也会受邀参加。大家边吃边聊，谈谈理想与人生的同时，还会展现自己的才华。王公大臣、土豪望族们也会乘机过来选择"最佳女婿"。甚至有的时候，皇帝也会亲自捧场。

然而，能参加关宴的人毕竟只是考场中的少数幸运儿，大部分考生则是落榜流泪的悲催人。尤其到了政治不够清明的晚唐，皇帝昏庸，贪污横行。面对不糊名的科举考试制度，考官在批卷子的时候能清楚地看到你的名字和家庭背景，即便你有名气，人家也不一定录用你，只看你背后站着谁。中下层的文人被录取的机会更加渺茫了，因为贵族子弟随随便便就能用钱砸上通榜，进考场。

没有背景与家势的考生总是一考再考，失败到老。看着别人笑哈哈，他们则是泪汪汪。有人心里不平衡，凭什么他们能吃大餐，我不能？他们真的比我有才吗？比我聪明吗？还不是有个好老爸？哼，我得捉弄捉弄这些油头粉面的人。让你们玩得不痛快！

晚唐僖宗时期，有个叫温定的考生，考了很多次，依旧原地踏步。瞟着正在曲江边抹着油腻嘴唇的考生们，他的心里渐渐失衡。哼，我得恶心一下那些吃饭喝酒、到处显摆的人，看你们还在不在这里"撒狗粮"！

过了一会儿，新科进士们正喝得迷迷糊糊之时，曲江池岸边来了一群大美女。华丽的服装，含笑的眼神，婀娜的身段，男人们顿时兴奋起来，这是仰慕我们的"女粉丝"吗？看，看，她们中间还有一顶装饰考究的轿子，难不成里面是哪个名门望族的大小姐来这里选择未来的新郎官？连一旁的丫鬟、侍女们都这么漂亮，主人公还不美得冒泡啊？

哎呀，赶紧表现，走过路过，千万不能错过！进士们纷纷撂下酒杯，跑到轿子旁边，调整最佳的角度，摆出最靓的姿势。轿子里的女孩，看过来，求求你，抛个媚眼过来嘛！

哇，轿子的布帘动了，动了！进士们的小心肝激动得怦怦跳，血压飙升，眼睛直瞪。绝世大美女要出场了。很快，从轿子门缝伸出来一条腿，哇，有点粗，不过符合唐朝审美标准。突然，轿子里的人把身上的裙子往上一拉，嘿，什么鬼？一条又黑又粗的大腿，上面居然还有很多粗犷的黑毛，随风摆动，好似嘲笑进士们的毛猴子。

原来是温定，扫兴！新科进士们愤愤地离开了，去参加其他的庆贺活动了，留下了窃喜而又伤感的温定。

曲江亭宴之后，进士们还会组织曲江泛舟活动。让我们荡起双桨，小船儿推开波浪，水中鱼儿望着我们，悄悄地听我们尽情把歌唱。望着美景，听着音乐，进士又开始兴奋了。有人兴奋得过了头，一不小心，把小命弄丢了。

贞元五年（789，唐德宗李适的年号），有个进士叫罗珦，好不容易进士及第，开心地大喝一场。醉醺醺，晃悠悠，一个人乘着船来到曲江池上欣赏美景。正准备赋诗一首，结果，船漏水了。哎呀，怎么搞的？眼看小船就要沉下去，罗珦慌了，我天天备考，没时间学游泳啊！这可咋办？救命啊，救命啊！可是，湖太大，周围根本看不到人。很快，船沉了。他拼命地扑着水，越

紧张，越呛水，鼻子、嘴巴全被堵住了。费尽千辛万苦，考上进士，正憧憬着未来的工作，阎王爷却跑过来跟他说：你不用担心工作，我来帮你搞定，来地狱，给咱当助手。

在学习课本知识之外，还得学点生存技能啊！

泛舟有危险，不如去长安城采摘鲜花有意思，这便是著名的杏园探花活动。进士们在同伴中选出两名最年轻的人充当探花使者，骑马游遍长安各大著名园林，采摘各种早春鲜花，尤其是牡丹和芍药。这一天，长安城的各大名园全部免费开放，如果有其他人比两位代表先采到花，探花使还得受罚，也就是被大家捉弄一下而已。

能在众多才子之中，被选为探花使者，绝对是祖坟冒青烟的"爆款"。唐乾宁三年（896），考生翁承赞以进士第三名的成绩被选为探花使，这感觉，只有三个字：酷毙了！怎么才能表达此时此刻的心情呢？怎么才能引起吃瓜群众的欢呼呢？小翁接连写下了三首诗——《擢探花使三首》，三首题目相同、内容相似的七言绝句：

> 洪崖差遣探花来，检点芳丛饮数杯。
> 深紫浓香三百朵，明朝为我一时开。
>
> 九重烟暖折槐芽，自是升平好物华。
> 今日始知春气味，长安虚过四年花。
> 探花时节日偏长，恬淡春风称意忙。

每到黄昏醉归去，纻衣惹得牡丹香。

喝完美酒，跨上骏马，出发！此时此刻，感觉整个长安城的花朵自觉排着队，等待我的到来。春风啊，春风，暖洋洋的小手挠着我微微泛红的脸。嘿，采完花，办完事，我还要躺在牡丹丛中喝个够。黄昏时分，夕阳西下，醉意朦胧、心满意足地回到家中。

除了探花使者，其他老进士、小进士们也都会上街游玩，这里摆个姿势，那里采朵鲜花，主要目的就是想获得男人们的崇拜眼神和姑娘们的高声尖叫。百姓们也会乘机教育小孩，看看，瞅瞅，人家多么风光，你要不要将来也这么酷呢？进士们穿过的衣服，也会遭到文人们的哄抢，拿去穿上，讨个好彩头，争取明年也加入显摆的队伍之中。

为了将炫耀进行到底，为了将压抑宣泄完毕，新科进士们在朝廷的批准下，玩出了新花样与新高度。比如雁塔题名，雁塔就是今天西安慈恩寺内的大雁塔，乃是当时长安城的最高建筑。慈恩寺周边树林密布，泉水奔涌，寺内有唐朝人最爱的牡丹花。每年春天，五六百朵牡丹竞相绽放，富丽堂皇，香气四溢。此情此景，怎能叫我不激动？新人们仿佛看到了将来灿烂的前程，在舞台上治国平天下，致君尧舜上。

在慈恩寺中，进士们登高远眺，俯瞰曲江，题名留念，将自己的名字永远地刻在京城的地标上。当年，二十七岁的白居易进士及第，在同时考中的十七人中最年轻。他立即挥毫写出"慈恩塔下题名处，十七人中最少年"。瞅瞅，我这么年轻就考上了"本科"，人群中一朵铿锵白玫瑰啊！

也有落榜考生或者前辈进士对新科进士的祝福题名。比如郑谷写给朋友的《贺进士骆用锡登第》："苦辛垂二纪，擢第却沾裳。春榜到春晚，一家荣一乡。题名登塔喜，醵宴为花忙。好是东归日，高槐蕊半黄。"怎么放榜了，看到名字了，又突然感觉鼻子酸酸的呢？辛辛苦苦多少年，终于迎来了收获的季节。一个人金榜题名，整个家乡的人都会跟着沾光。大家忙着聚餐，忙着采花，不知不觉，已到了离别之际。

关宴结束之后，进士们就要离开京城，走上天南海北的工作岗位，所以关宴也叫"离筵"。

只要不造反，离开之前，你可以尽情嗨！

有的富家子弟更是嗨翻天，边吃边玩，玩出了土豪生活的新境界。

进士们发榜之时，正值樱桃成熟时。樱桃，数量不多，价格昂贵，富含意蕴，又比其他水果提早上市，因此，在唐朝属于水果中的奢侈品。渐渐地，新科进士们系列宴会中又出现了樱桃宴，一边吃着樱桃和樱桃做成的糕点，一边喝着美酒欣赏浪漫樱花，比关宴更有意境！

这种宴会基本上也是由进士们凑钱举行的，但是普通家庭出身的人根本吃不消，参加闻喜宴、关宴等宴会之后，钱袋早已空空如也。能凑钱举办樱桃宴的考生，家里或多或少都有点"矿"。

当然，也有土豪考生大手一挥，"独资"举办樱桃宴。乾符四年（877），淮南节度使刘邺的儿子刘覃考中了进士，一高兴，便放下狠话：我个人举办樱桃宴，大家尽情地吃，放开地玩。吃完饭，刘覃又组织了打球（马球）活动，接连击败了很多军队里的专业打球高手，大出风头，周围的人纷纷竖起大拇指：试问球技哪家强，淮南小刘名气扬。

原本只是用来放松紧绷多年神经的简单宴会慢慢地越办越长，越办越大，攀比之风兴起，奢靡之风形成。因为大家都想乘着这个机会邀请名流权贵，为以后的仕途做铺垫，自然不敢将宴会办得太寒酸，也不敢不参加。可是，出身贫寒甚至中产家庭的考生渐渐感到压力山大。原本我只想吃个饭放松一下，现在倒好，几顿饭下来，我不仅精神高度紧张，还瞬间濒临贫困脱离小康。

乾符二年（875），唐僖宗想杀一杀这种吃喝攀比的风气，出台了《厘革新及第进士宴会敕》，规定每个考生出钱的标准，以减轻大家的负担。但是，收效不大，此时的大唐已经到了无可救药的地步。所以，乾符四年（877），刘覃依旧我行我素。而同年，王仙芝、黄巢等人起义正进行得如火如荼。百姓们生灵涂炭，贵族们依然醉生梦死。

进士们走上工作岗位之后，也会忙于参加各种宴会，其中最有名的便是烧尾宴。

02　哎哟，饭还有这么吃的

　　每逢有人当官或者升官，朋友、同事、亲戚等人都会前来祝贺，主人自然要准备美味佳肴和娱乐项目来招待宾客，这样的宴会称为"烧尾宴"。为什么叫烧尾呢？据说有几种说法：一是野兽变成人，尾巴依旧在，烧掉尾巴，它才能真正成为人；二是新羊加入羊群的时候，必须把尾巴烧掉，才能被其他羊接受；三是鲤鱼跃龙门时，会有天火将它的尾巴烧掉，只有这样，它才能变成腾云驾雾的飞龙。

　　几种说法其实都隐含了一个意思：你一个新人，考中进士，进入官场，不能尾巴翘上天，不知道自己是谁，不要标新立异，得按咱们的游戏规则来。否则，咱们不带你玩，你永远别想飞黄腾达。欲入官场，必先烧尾！

所以，主人会精心准备烧尾宴，以示对来客们的尊重，避免被大家误会。但是，相互攀比之风愈演愈烈，你家准备海鲜，我家准备熊掌，你家烧蛇肉，我家炖大鹅。菜品越来越丰富，菜名越来越复杂，而将烧尾宴推向极致奢华的，正是唐中宗时期的大臣——韦巨源。

此人生下来就含着金汤匙，出身于京兆韦氏家族。从西汉丞相韦贤、韦玄成开始，韦家逐渐发展壮大，成为汉朝的名门望族。到了隋唐时期，更是盛极一时，有唐一代，韦氏家族有多位成员封侯拜相，高级官员更是不计其数。因此韦巨源根本不用通过科举而直接进入官场（门荫入仕），成为唐中宗皇后韦氏的心腹。他在景龙年间官拜尚书令，成了名副其实的宰相。

为了表达对皇帝的谢意，他设家宴请唐中宗。据说上了58道菜，看看名字，就知道这些菜不是普通人家吃得起的，比如单笼金乳酥、曼陀样夹饼、巨胜奴、贵妃红、婆罗门轻高面、御黄王母饭、金铃炙、通花软牛肠、光明虾炙、生进二十四气馄饨、冷蟾儿羹、水晶龙凤糕、八方寒食饼、素蒸音声部、凤凰胎、羊皮花丝、乳酿鱼、葱醋鸡、雪婴儿、分装蒸腊熊、五生盘、缠花云梦肉、汤浴绣丸……

名字高雅华丽，食材多种多样，烧法独特新奇。比如"分装蒸腊熊"是将腌制风干的熊肉或熊掌装盆入锅，蒸熟而成；"雪婴儿"是把青蛙剥皮去除内脏后，粘裹精豆粉，煎贴而成，色白如雪，形似婴儿；"暖寒花酿驴蒸"是用酒及其他佐料浸泡驴肉，然后上笼蒸至烂熟；"素蒸音声部"是由素菜和蒸面做成的 70 个各色乐工和歌舞女伎玩偶，既能品尝，又能欣赏；"生进二十四气馄饨"是取二十四节气当中时令蔬菜、肉馅，做成二十四种不同口味的馄饨；"五生盘"是用羊、猪、牛、熊、鹿五种动物的新鲜嫩肉，细切煮熟，加入调料之后，再拼摆成上述五种动物形状的图案……

在这些新奇的菜品面前，普通人只能一声叹息：贫穷限制了想象。

一代诗圣杜甫经过多年的漂泊和行卷，终于得到一个右卫率府兵曹参军的小官职，好歹也算体制内的人了。他赶紧回奉先（今陕西省蒲城县）探望妻儿，准备把他们接过来。

刚刚进家门，却传来了哭泣声，原来是小儿子被活活饿死了。搂着冰凉的小尸体，杜甫老泪纵横，为什么，到底为什么？他愤怒地写下《自京赴奉先县咏怀五百字》："入门闻号咷，幼子饿已卒。吾宁舍一哀，里巷犹呜咽。所愧为人父，无食致夭折。岂知秋禾登，贫窭有仓卒。"一进门就听到哭声，我的儿啊，竟然活活饿死了。他再也压制不住内心的酸楚，邻居们也跟着默默流泪。我对不起你啊，身为父亲，却没有本事养活你。今年收成还算可以，贫穷的人家却依旧没饭吃。

唐肃宗乾元二年（759），失去工作的杜甫彻底沦为贫苦户，一家人因为饥饿病倒在床上。他只能扛起锄头，出去挖野菜，跟在猿猴的后面捡一些橡树果子。有时碰到山中大雪，手脚冻裂，找了半天，却找不到任何吃的。空着手回到家中之时，家人们早已饿得哼哼唧唧。唉，曾经要想治国平天下的我，怎么连饭都吃不饱呢?

悲伤的杜甫写下了《乾元中寓居同谷县作歌七首》:

有客有客字子美,白头乱发垂过耳。

岁拾橡栗随狙公,天寒日暮山谷里。

中原无书归不得,手脚冻皴皮肉死。

呜呼一歌兮歌已哀,悲风为我从天来。

长镵长镵白木柄,我生托子以为命。

黄独无苗山雪盛,短衣数挽不掩胫。

此时与子空归来,男呻女吟四壁静。

呜呼二歌兮歌始放,邻里为我色惆怅!

......

正是因为经历了刻骨铭心的贫困,杜甫才能写下"朱门酒肉臭,路有冻死骨。荣枯咫尺异,惆怅难再述"的深刻诗句。富人流油,穷人流泪。同样是人,命运却天差地别。

但是,他的呐喊却挡不住权贵们的享乐。

到了唐玄宗时期,像韦巨源这种极尽奢华的烧尾宴被叫停了。虽然明面上禁止了,但是暗地里谁也管不了。别人在家里举办个晚宴,招待各方来宾,打着增进感情、探讨人生的幌子,拉关系,求官职,谁又能阻止得了呢?大不了不叫烧尾宴了,就叫"农家乐"嘛!

把吃饭当作拉关系、求升职的好途径，当作地位的显摆与炫耀，在唐朝达官贵人中很普遍。大诗人刘禹锡曾经就在别人的宴会上发出过灵魂拷问。

"这还是当年那个喊着'粒粒皆辛苦'的小伙子吗？"从中央被贬到苏州任刺史的大诗人刘禹锡看着宴会上美艳的舞娘、奢华的排场、奇异的菜式，心中万千感慨，想起了当年的《悯农二首》里的诗句——"四海无闲田，农夫犹饿死""谁知盘中餐，粒粒皆辛苦"，年少时候的李绅深深体会到农民的辛苦，写下了《悯农二首》，名闻天下。可自从当了大官，不再把百姓的苦难挂在嘴边，而是想方设法搜刮钱财，吃喝玩乐样样红。

瞅着李绅油腻的大脸、突出的肚子、沾着肉汁的嘴唇，刘禹锡作了一首《赠李司空妓》：

> 高髻云鬟宫样妆，春风一曲杜韦娘（名妓）。
> 司空见惯浑闲事，断尽苏州刺史肠。

"司空见惯"就出自这首诗，司空是当时李绅的官职。美女相伴，音乐萦耳，金银如山。这种场面，这种情景，李司空大人早就见怪不怪了，却让我这个刺史抑郁了，人和人的待遇差别怎么这么大呢？

李绅在政界玩得游刃有余，在吃喝界更是花样百出。据说他喜欢吃鸡舌头，每次都要宰杀几百只鸡，才能凑成一盘鸡舌菜。每顿饭都要花费几百上千两银子。所以刘禹锡到他家做客的时候，很是感慨，城里的人真会玩，为什么我就不会玩？

富人忙着享受每一顿，穷人忙着搞定下一顿。基层小官却连家人都养不活，贫穷一辈子的孟郊暴病而亡之后，连帮他处理后事的人都找不到。最后还是在韩愈、张籍等几个老朋友的资助下，将他葬在了洛阳。

当然，吃饭有时也能"吃出"好诗歌、好文章、好艺术。在饭局上只有饭，没有酒诗和艺术，怎么能算是正宗的唐朝文人呢？"诗圣"杜甫曾经就根据自己的观察和听闻，收集整理了文人们饮酒的有趣故事，创作了一首《饮中八仙歌》：

知章骑马似乘船，眼花落井水底眠。

汝阳三斗始朝天，道逢麴车口流涎，恨不移封向酒泉。

左相日兴费万钱，饮如长鲸吸百川，衔杯乐圣称避贤。

宗之潇洒美少年，举觞白眼望青天，皎如玉树临风前。

苏晋长斋绣佛前，醉中往往爱逃禅。

李白一斗诗百篇，长安市上酒家眠，

天子呼来不上船，自称臣是酒中仙。

张旭三杯草圣传，脱帽露顶王公前，挥毫落纸如云烟。

焦遂五斗方卓然，高谈雄辩惊四筵。

诗中提到的八仙分别是贺知章、汝阳王李琎、李适之、崔宗之、苏晋、李白、张旭、焦遂。

只要有酒喝，不管对方是小年轻，还是老百姓，贺知章都会放下架子，喝个痛快。

诗人李白年轻的时候，来到京城长安，住在小旅馆里，带上一卷诗歌，求大名人贺知章鉴赏推荐。

一首《蜀道难》让老贺张大了嘴巴，好家伙，平凡的字词到了天才的手里，怎么会变得如此有趣？他立即竖起大拇指，说道："好诗，好诗，你是上天贬到凡间的神仙吗？"从此李白成了"诗仙"。

听说小李喜欢喝酒，贺知章顿时来了精神，同道中人啊！一天黄昏时分，晚霞铺满地面，青石的街道向晚，他拉着李白说道："走，小兄弟，我们去吃饭喝酒！"

"喝酒？好啊，好啊！"爱酒的李白两眼放光，斗酒十千恣欢谑，不喝痛快怎能休？

你一碗，我一碗……喝得两眼迷蒙，该结账了，咦？我的钱呢？不会没带吧？贺知章一摸头，哎呀，出门太兴奋，忘记拿钱了。

"来，店小二，拿这个做我今天的酒钱！"贺知章解下腰间的配饰金龟袋（三品以上官员才准许佩戴的饰品，身份的象征），交给店小二。

一向洒脱的李白都慌了，"使不得，使不得，这是朝廷给您的配饰，怎能拿来换酒？"

"嘿，没关系，喝就要喝个痛痛快快！"贺知章早已坦然，他活得太长太顺了，阎王爷好像把他遗忘在风都不知道的角落。喝醉之后，骑在马上，身体摇摇晃晃，像是坐在颠簸的小船上一般，左右两边倒。眼神迷离，昏昏欲睡，那架势，就算一不小心跌到井里，他也懒得爬起来。贺知章在安静潇洒中走完一生，享年八十六岁，在古代属于极为长寿型的。

李白曾写下《对酒忆贺监二首》来怀念忘年交的老顽童：

四明有狂客，风流贺季真。长安一相见，呼我谪仙人。

昔好杯中物，翻为松下尘。金龟换酒处，却忆泪沾巾。

李白自己呢？长江后浪推前浪，将喝酒之后的癫狂推向了更高的境界。

当他还在宫中任职的时候，有一天，唐玄宗叫李白撰写乐词，找来找去找不到人。最后发现，老李早已喝得烂醉如泥，躺在角落里。玄宗眉头一皱，下令用冷水泼醒他！李白摸着一脸水，惊起一身汗，噌地跳起来，握住一支笔，呼呼呼，十几篇诗词分分钟搞定。喝酒我是专业的，写诗也是专业的。

太监高力士正站在一旁！李白想起了平时：这个死太监总是看不上我，今天我也要作弄作弄他。李白将脚伸到唐玄宗的眼前，水浇湿了，能否让高老兄给我脱下靴子？高力士脸色如猪肝，唐玄宗怒发冲冠。忍你很久了，太不像话，出去！小宦官们连推带拉，将李白赶出门外，"上命小阉排出之"。

有酒有肉，下笔才有神。哪怕喝到酒店关门，即便皇帝过来打招呼，他也懒得理。"人生得意须尽欢，莫使金樽空对月。"钱不钱的不重要，重要的是要喝得爽。"主人何为言少钱，径须沽取对君酌。"

　　汝阳王李琎是唐玄宗的哥哥——宁王李宪的儿子，长相英俊，聪明伶俐，还能弹得一首好乐器。据说有一次，他弹奏《舞山香》时，唐玄宗突发奇想，别动，我放朵花在你帽子上，试试你的功力。结果，李琎动作优雅，一曲弹完，帽子上的花却没掉下来。唐玄宗大力点赞：你小子根本不是人，而是神啊！厉害！"非人间人，必神仙谪堕也。"

　　弹琴可以优雅，喝酒可要豪放。李琎一旦饮起酒来，不喝个醉翻天，是不会罢休的，恨不得天天躺在酒池里游泳泡澡。

　　李适之乃是宰相，却喜好饮酒，不拘小节，晚上豪饮一桶酒，第二天照常上班，处理公务。这样的人在阴险狡诈的李林甫面前，常常处于下风。有一次，李林甫装作诚恳又无奈的样子对竞争对手李适之说："华山出产大量黄金，如果能够开采出来，就可大大增加国家的财富。可惜皇上还不知道，唉，可惜了！"然后他用眼睛的余光扫着李适之，唉声叹气地连连摇头。李适之以为李林甫没来得及说，这么好的事情为何不告诉皇帝？第二天赶紧上奏，玄宗一听，这事对国家对自己百利而无一害啊！立刻召李林甫前来商议。只见李林甫表情淡定，紧皱眉头地说道："这件事我很早就知道了，但华山是帝王'风水'集中的地方，怎么可以随便开采呢？万一损害了国家的龙脉，岂不要天下大乱？别人劝您开采，估计是不怀好意，我之前好几次看到您都想把这件事告诉您，想想还是没有开口，怕对您和国家不利。"

　　唐玄宗被他这番话打动，还是李林甫对我忠心耿耿啊，处处替我着想。这个李适之想干什么？挖我的祖坟？断我的龙脉？坏我大唐风水？李适之就这样莫名其妙地被冷落了，只能默默地躲在一边唱："我是这场战役的俘虏，就这样被你征服，切断了所有退路。"

从此以后，李适之被皇帝疏远了，成了酒界的神仙。工资都花在喝酒上了，饮酒的动作惊天地泣鬼神，犹如长鲸吞吸百川之水，一口一大桶，只能漱漱口。自称举杯豪饮是为了脱离政事，以便退位让贤。

崔宗之是宰相崔日用的儿子，常常端着酒杯望着天空，即便醉了，也会摆出酷酷的姿势，玉树临风说的不就是他吗？小崔还经常跟人一起饮酒唱歌，然后乘着月色，搭载小船，从马鞍山的采石矶顺江而下到金陵，来个"长江一夜游"，生活乐悠悠。

书法大师张旭更是牛，一边拿着酒，一边提着笔。每次挥毫之前，必定喝得烂醉，将自己调整为"癫狂模式"，然后嚎叫奔走，在纸上龙飞凤舞。醒来之后，自己都不知道写得啥，但就是看着很有艺术感，人称"张颠"。他的草书与李白的诗歌、裴旻的剑舞并称"三绝"。据说，有个贫穷的人特地选择张旭做邻居，收集"张颠"的片言只语，甚至直接写信给张旭。得到回信之后，当作书法作品，拿到市场卖，很快就被人一抢而空，穷人也因此脱贫致富奔小康。

苏晋担任过吏部侍郎，能文能武，刀枪棍棒，耍得有模有样。别看他平时吃斋念佛，一旦豪饮起来，就会将清规戒律忘得一干二净。佛祖在心中，诚意在酒中。

焦遂乃是一个具有豪爽性格、嗜爱喝酒的平民百姓，一喝起酒来，就会高谈阔论，与人唇枪舌剑，唾沫星子犹如打铁花表演，溅了大家一脸。

"八仙"既有酒品，又有人品。虽然身份各不相同，性格迥异，但同样的坦诚豪放，同样的洒脱自如。当然也同样的钱袋子鼓鼓、菜篮子满满，否则，他们几个人只能像杜甫那样"艰难苦恨繁霜鬓，潦倒新停浊酒杯"。连喝点残次酒的爱好都要停止了，省钱，糊口！

第六章

我要脱贫致富变土豪

（赚钱忙；生活忙）

01 死人和赚钱有啥关系

长安城中，一个富户家里死了个人，很快，消息便以瘟疫般的速度传开了。文人们犹如蝗虫般聚集而来，他们穿着普通，手中握笔。有的人拿着平时写的文章，有的人吟唱着自己写的诗歌，眼睛盯着门口，嘴巴喊着主人。他们是在行卷吗？非也！他们是在跑官吗？非也！

一个普通的富户，在达官贵人云集的长安城根本就是个小虾米，要地位没地位，要名望没名望，为什么会引得文人尽折腰呢？

一个字——钱。

每当富人、官员家里有人去世的时候，他们会请文人来写墓志铭。这是一种悼念性的文体，一般由志和铭两部分组成。志多用散文来写，叙述死者的姓名、籍贯、家族、生平事迹；铭则用韵文（讲究押韵的整齐句子）概括全篇，主要是对死者一生的评价。

在唐朝，墓志铭非常流行，官方重视，民间跟进，成为时尚潮流。稍微有点钱或地位的人家如果死了人，不请人写篇墓志铭都觉得对不起祖先，丢不起面子。皇亲国戚、达官贵人一般都邀请著名文人亲自操刀，给的"稿费"也很高，上万两也只是小场面。而那些商人、富户也会跟风，尤其是唐朝中期以后，墓志铭的"买方市场"需求强烈，大大刺激了著名文人、非著名文人主动加入，

积极参与，形成了庞大的"卖方市场"，基本实现死亡者的信息、墓志铭写作、墓志铭雕刻、各个方面的沟通协调等丧葬服务一条龙。谁家死了人，谁就制造出了新的商机。那些没考上科举、没有工作和收入的文人便会各显神通，积极创作，想出各种新鲜时髦的结构、词语和句子等，市场竞争相当激烈。"消费者"会根据文人们的名气、地位大小来论价付费，随行就市。

有些文人因此发家致富奔小康，买房安家讨老婆。一个出身寒门的大文豪因为绝佳的文笔、公道的价格、惊人的效率，成了墓志铭市场上的"抢手货"。

在成名之前，他也经历困苦灰暗的时刻。四次参加科举考试，好不容易考上，又被卡在了吏部的铨选上，又接连三次参加考试，依然换回老天的点赞、命运的阻拦。

失败让他总结反思，要不走走关系，做点营销推广？

行卷？他已经跑动无数次，见过无数人了，求爷爷告奶奶，就差下跪磕头了。看来还是名气不够响，需要将自己打造成独一无二的品牌。静下心来读书写作？没钱没房，吃饭睡觉都困难，哪还能静得下心来？

好在有了进士的"身份证"，可以先找工作，先后做了宣武节度使、徐州节度使的幕僚。一边工作，一边总结自己失败的经历，反思朝廷考试和文风的弊端。

当时公文流行骈文，考试必须律赋。文章读起来都排山倒海，犹如唱歌，但是细细一品，内容空洞，说了半天等于什么都没说。他的心里暗流涌动。我们之前先秦、两汉时期的老祖宗们写的文章，质朴自由，奔放有力，内涵深刻。说点大白话有什么不好，非得要搞形式主义吗？为了气势，搞一堆排比，好像有些成功学大师的演讲，听起来精神振奋，听完了，该干吗还干吗。

难道应试作文就只有一种格式吗？难道不能骈散结合？只有骈文律赋可以得高分吗？考试的评分标准是不是出了问题？就不能写点真实感想、有血有肉、自由发挥的文章吗？

"安史之乱"后，大家信仰翻车，傲视天下的唐王朝怎么会连个节度使都打不过？高高在上的皇帝和大臣，在危险面前怎么跑得比兔子还快？统治者们享乐和显摆的标配——骈文，瞬间成了众人的眼中钉。天天用骈文唱赞歌，有意思吗？能改变大唐的颓势吗？

他的想法得到了很多底层文人们的大力支持，"粉丝"越来越多，影响越来越大。他亲自创作，亲自实践，向先秦散文和两汉史传文、论说文学习，不受格律约束，不受形式捆绑，用通俗质朴的文字自由抒写心中所想。让文章不再局限一种形式，给文章注入精神内涵。

想起多年无人赏识，无人引荐；想起多次失败，多次遭难。他发出了灵魂呐喊："呜呼！其真无马邪？其真不知马也！"天下不是缺少千里马，而是缺少善于发现的伯乐啊！《马说》代表了底层文人们的呼唤。一不小心，他成了文艺界时尚写作的带头大哥，拥有了稳定而庞大的"粉丝群"。

他的名字叫韩愈。

既然改变不了落榜的命运，那我就改变考官们的评判标准，让他们知道，什么叫众怒难犯。韩愈干脆辞去幕僚工作，在洛阳隐居了一段时间，专心创作，他亲自示范，写出了很多优秀的文章，如《原道》《原性》《原毁》《原人》《原鬼》，合称"五原"，用来宣传推广自己的古文理念。看看，我是这么说的，也是这么做的，你们觉得这样写文章，怎么样？

他提出复兴儒学，文以载道。文章不能只唱赞歌，也得批判时事，不能只有宏大形式，也得有深刻内涵。文人们读着他的文章，纷纷叫好；官员们看着他的文章，频频点赞。大家终于明白了，文章还可以怎么写！既有完美的形式，又有饱满的内容。

向韩愈同志学习！社会上掀起了一场浩浩荡荡、影响后世的古文运动。因为骈文风行了东汉、魏、晋、宋、齐、梁、陈、隋八个朝代，所以苏轼称韩愈"文起八代之衰"，一人单挑八代风骚！

在广告宣传、市场推广之后，韩愈重装上阵，再次策马狂奔，去长安寻找伯乐。

名动天下的他唱着"忐忑"出发了，前往长安参加第四次吏部考试。终于考上了，的的确确考上了！他使劲地掐了一下已经不再细腻的皮肤。不是做梦，真的成功了！

他被任命为国子监四门博士。国子监是国家最高学府，分为六学一馆：国子学、太学、四门学、律学、书学、算学和广文馆。每馆有十到两百个学生，负责教书的有博士、直讲、助教，校长为祭酒。韩愈博士负责四门"班级"。很快，残酷的现实让他迷惘了。唐朝的大学老师收入比较低，在消费高、房价高的长安城，韩愈过得很艰苦。冬天没钱买炭，儿女们哭着喊冷；平时没钱买米，夫人饿着肚子。头发、牙齿很快就光荣下岗了，身上衣服比学生岁数还大。所以，很多富家子经常嘲笑他。老师啊，你天天教导我们刻苦读书，读完就像你这个样子吗？

原本想凭工作养家糊口，不曾想工资还没发下来，就提前预支了。唉，怎么办，怎么办？这个时候，有皇亲国戚、达官贵人们拎着"大礼包"找上门来：韩老师，给写篇墓志铭，如何？一点小意思，不成敬意。

韩愈掂着沉甸甸的银子，蒙圈了，这也叫"小意思"？写墓志铭这么赚钱吗？

写得好，还有红包！

韩愈的心里沸腾了，我是个文人，但也是个俗人，没钱，我和家人该怎么活啊？嘿，君子爱财，取之有道。既然有道了，就要上道。面对巨大无比的蛋糕和竞争激烈的市场，如何才能牢牢地抓住客户呢？如何在赚钱的同时，还能写出特色、写出水平呢？如何才能既符合文体要求而又避免千篇一律呢？

为了合理地赚钱致富，曾经被贫穷限制了自由和想象的韩愈彻底放飞自我，充分发挥古文写作优势，开动脑筋，积极创新，在"迎合买家"的同时，又摸索出了自己的创作特色，做到了"人无我有，人有我优"。

首先，他改变了传统墓志铭的文章结构。别人都是一上来就介绍写作对象的家庭出身、生平事迹、人物评价等，韩愈则改变了顺序，一上来就写人物的事迹，突出一个主要方面，避免流水账似的记录。比如在《施先生墓志铭》中，他先写："先生明《毛郑诗》，通《春秋左氏传》，善讲说，朝之贤士大夫从而执经考疑者继于门，太学生习《毛郑诗》《春秋左氏传》者，皆其弟子……先生年六十九，在太学者十九年。由四门助教为太学助教，由助教为博士……"详细写了主人的求学经历，突出他的渊博学识。死者的家人们肯定也很高兴。嘿，有意思，有特色！当别人千篇一律，你却单刀直入，突出我们祖先的学识，这不等于也变相地夸咱们是书香门第吗？对于有钱人来说，夸他有钱，不如夸他有知识。

其次，韩愈除了改变写作顺序和叙事方式，还引入主人曾经的对话，加入自己的抒情和议论。比如在《柳子厚墓志铭》写道："一旦临小利害，仅如毛发，反眼若不相识。落陷阱，不一引手救，反挤之，又下石焉者，皆是也。"成语"落井下石"便出自这里，指看见人要掉进陷阱里，不伸手救他，反而推他下去，又扔下石头。比喻乘人有危难时加以陷害。

韩愈先概述了柳氏先世的事迹，然后叙说柳宗元仕途的不幸和在文学上的成就。用柳宗元为了好友刘禹锡而甘愿牺牲自己利益的行为和小人的行为做对比，然后引出点评和议论。柳宗元的品质岂是那些小人们所能比？

写到这里，也许是想起了自己坎坷的经历，想起了被人陷害的苦闷，韩愈又激动地写道："呜呼！士穷乃见节义。"评价柳宗元忠厚待友的品质，然后对那些平日谗害他人的小人进行抨击。这些小人平时跟你和睦相处，一起称兄道弟，吃吃喝喝，脸上总是堆满笑容，有时还紧握着对方的手，趴在你的耳边说自己"掏心窝子"的话。然后流着眼泪对天发誓：哥们，我怎么都不会背叛你，不能同年同月同日生，但愿同年同月同日死。让听的人感觉这个世界上只有他最值得信任。但是，一旦遇到一丁点的利益，这种小人就立刻变脸，好像压根就不认识你。你要掉入井里，不立刻拉你一把也就算啦，还把你挤下井，往井里扔石头，恨不得你永世不得翻身。

头脑灵活的韩愈成了墓志铭市场上的"爆款"，他还可以根据大客户的需求，量身定制，提供"一对一"服务。

当时，裴度、李愬平定了淮西地区多年的叛乱。唐宪宗很高兴，想要为这次战斗撰文立碑，既表彰参与者的战功，也显示自己的政绩。但是，让谁来写如此重要的文章呢？

韩愈，绝对是韩愈！

他不仅文章了得，名扬天下，还跟随裴度一起，全程参与了这场战斗，非他莫属！皇帝亲自点名，写好了，不仅有赏，还有光。接到命令的韩愈很激动，面对天下最大的"客户"，他创作前的仪式感满满，诚意也满满。先洗漱，斋戒，闭目，思考，再查找资料，仔细对比，然后动笔写作，反复推敲，最后通篇朗读，逐字修改。"公退斋戒坐小阁，濡染大笔何淋漓。点窜《尧典》《舜典》字，涂改《清庙》《生民》诗。"

大功告成！

看着费尽心血创作的文章，韩愈很满意。一千多字的碑文犹如行云流水，大江奔涌，辞藻华美，气势磅礴。"一上市"，便洛阳纸贵，文人们争相传诵。皇帝笑哈哈，韩愈自然有钱花，不仅拿到赏赐，还升了官职。有了给"特大客户"——皇帝写碑文的经历，韩愈的身价水涨船高。皇亲国戚们纷纷发来邀请函，你的手负责写作，嘴巴负责喊价。据说，在写完国舅——王用的碑文之后，王家人给了韩愈一匹带鞍的宝马和一条白玉带，价值极高。难怪他的朋友刘禹锡说过韩愈"一字之价，辇金如山"。

就这样，韩愈凭借巨额的"稿费"，总算基本实现了财务自由，在京城长安买了房，安了家，过上了之前想都不敢想的富足生活。

丰厚的收入也引起了别人的嫉妒和眼红。韩愈有个朋友叫刘叉，平时因为花钱大手大脚，又没有多少收入来源，看到老韩随便一写，便有金银。他跑到韩府，直接拿走了一些金子，然后大言不惭地说："此谀墓中人得耳，不若与刘君为寿。"韩愈这是吹捧死人得来的钱，不够光明正大，不如给我刘某人当生活费呢！

后来有不少人嘲讽韩愈拿钱给人写好话的行为是"谀墓"，逢迎墓主人。其实，什么又叫逢迎？难道拿别人的钱，还得骂人家的祖宗？死者为大，人家都死了，写几句好话也没什么，每个人都有自身的优点嘛！像刘叉这样，"抢"了别人钱，还给人一顿骂，这就叫豪爽了吗？这就叫有节操了吗？既然看不上别人赚钱的手段，又为何拿别人的钱呢？

有了师傅的榜样力量，韩愈一个学生皇甫湜也走上了这条来钱快的道路。但是，他的文章苦涩难懂，用字偏僻，人又比较固执清高，无法迎合市场需求，找他写碑、写墓志铭的人很少。没有需求，怎么办呢？

制造需求！

02 没有市场，那就创造市场

　　裴度因为平定淮西叛乱而一跃成为朝廷重臣。他一直信奉佛教，看到福先佛寺因为年久失修而有些破烂，就将皇帝赏赐的钱财捐给了福先佛寺。拿去，佛祖住的地方岂能如此不上档次？僧侣们开心地笑了，有钱好办事，装修的标准绝对可以到处弥漫奢华气息，给凡人和佛祖强烈的视觉冲击。很快，寺庙修好了。裴度想请人给焕然一新的寺庙写篇碑文，找谁呢？

　　韩愈不在了，白居易成了市场上的"抢手货"。裴度写信给白居易，老白，帮我写篇文章呗？

　　身为裴度幕僚的皇甫湜不乐意了，裴长官看不起我？我是韩愈的得意门生，比白居易差吗？就他那点水平，也叫文章？于是，他直接找到领导裴度，单刀直入："我皇甫湜就在你身旁，您却舍近求远，去找什么白居易？我的文章是阳春白雪，他的文章乃是下里巴人。难道你容不下我们这等高雅之人？"

　　裴度的冷汗直流，这位皇甫湜虽然是他的下属，可他的暴脾气人人皆知。曾经因为被黄蜂蜇了手指，他就直接下令，重金悬赏，发动周围群众和小孩，将蜂巢直接取下来，将所有的蜜蜂捣烂成渣渣。还有一次，因为发现儿子抄录的诗歌里有错误，立即一蹦三丈高，骂骂咧咧的同时，去找木棍来教训儿子。结果木棍没找到，他竟然拿起儿子的小手腕，张开血盆大口，狠狠地咬下去，看你小子还长不长记性？儿子的手臂鲜血直流，眼里泪水奔涌，咋写个作业，还如此虐心呢？

以此行为判断，皇甫湜大概率患有狂怒症。

猛人的恐怖传说让裴度左右为难，万一得罪他，岂不天天难以安宁？也给我咬一口咋办？唉，反正他的文章也不差，那就让他来写！裴度不好意思地解释道："嘿嘿，之前因为怕被你拒绝，不敢劳烦您。现在正好，来吧，请开始你的表演！"

皇甫湜怒气消了一丢丢，回到家，喝杯酒，唰唰唰，一气呵成，瞬间搞定。第二天，拿着碑文的裴度左看，右看，上看，下看，就是看不懂，里面到底写了啥？外表倒是像嫦娥，可她的内心咱怎么也猜不透啊！

最后，裴度只能装模作样地竖起大拇指，说了一句："真是高人啊！"

没听懂言外之意的皇甫湜来劲了。既然您觉得好，那价钱不能少，您是大领导，得加钱！

多少钱？

碑文三千字，每个字三匹绢！

乖乖隆地咚，你还真敢吼。一匹绢就够普通百姓吃好一阵子了。九千匹绢，此乃天价也！唉，既然让他写了，就给他吧！皇甫湜可不是农民工，少给一个子，也会闹翻天。

裴度的理想写碑作者是白居易，人家名气冲天，头脑灵活，写出来的东西雅俗共赏，至少前来寺庙的人都能看得懂。

白居易也靠着这项技能吃香喝辣，实现了财务自由。但他因为家中本来就有积蓄，所以会选择性地写墓志铭，人品差的，他看不上；人品好的，可以不收钱。好友元稹死后，白居易为他撰写墓志铭之后，元家人送来价值六七十万钱的财物。白居易坚决不收：我怎么好意思要朋友的钱？元家人不同意，要按市场行价来，不能破坏了规矩。没法再推辞的白居易，只能以元稹的名义将钱物捐给了香山寺。因为元稹生前说过，他想出钱修缮寺庙。

除了写墓志铭，白居易还有"版税收入"。据说新罗（现在的韩国）商人来到唐朝以后，不去买绫罗绸缎，而是买白居易的诗歌。因为他们的宰相放出话，一百两换一篇白诗。利润可观，必然刺激高仿。有人觉得，这种白话诗歌，我也能写，沾沾自喜地献上高仿作品。结果被新罗宰相一眼识破，什么玩意，你以为白诗就是白话吗？来人，拉出去暴打，竟然敢侮辱我的偶像！

新罗商人看到了一条发财的新路子，贩卖白粉还不如收购白诗！白居易的诗歌不仅成了暴利产品，还成了唐王朝文化输出的软实力。好朋友元稹曾经感慨："自篇章已来，未有如是流传之广者。"从有诗歌以来，还没见过销路这么好的，畅销海内外，冲出海岸线！还有谁能跟白居易比？

当然，并不是每个文人的诗集都能畅销，所以，写墓志铭还是文人赚钱的一条好途径。

在墓志铭写作的市场上，如果地位高、名气大、文章妙，写字还很妙，那简直就是"顶级爆款"，一上架，就会被抢购一空，甚至提前一年预订，都不一定订得到。如果这样，书法大家写的墓志铭，就可以直接拿去雕刻，不用再请字好的人重新誊录了。

唐初的大文豪、大书法家李邕的字写得非常好，学习王羲之而摆脱了王羲之的束缚，形成了自己独特的风格——险峭爽朗。除了书法，人家特别擅长碑颂等文体写作。哪个大人物家里死了人，或者干了件大好事，就会用车装着金银财宝，请求李邕来写墓志铭或者碑文。我们只求文章和书法，价格你随便喊。李邕也因此而成为富豪。"邕早擅才名，尤长碑颂，虽贬职在外，中朝衣冠及天下寺观，多赍持金帛，往求其文。前后所制，凡数百首，受纳馈遗，亦至钜万。时议以为自古鬻文获财，未有如邕者。"（《旧唐书·李邕传》）

有了钱，就有了享受生活的底气和傲视丑恶的霸气。李邕虽然多次被贬官，却依然吃香喝辣，游山玩水。随你们把我贬到哪里，我依旧如坐春风里。我就喜欢在一旁静静地看着你们讨厌我，而又干不掉我的样子，哼哼！

到了中唐，又有一个文采与书法兼具的文人出现了，他的名字叫柳公权。出身于河东（古时候指山西，因为山西在黄河以东，故称河东）柳氏（与河东薛氏、河东裴氏并称"河东三著姓"），在当地属于名门望族。身处名门，却积极上进，从小就用功地练字，学钟繇、王羲之、欧阳询、虞世南、颜真卿……渐渐地，他从单纯的模仿，转变为独特的创新，在学习前辈的基础上，又闯出了自己的风格：结体严紧，骨力遒劲。人们把他与颜真卿并称为"颜筋柳骨"。

除了刻苦练习书法，他还认真学习诗词歌赋，积极准备参加科举考试。唐宪宗元和三年（808），三十岁的柳公权便考中了状元，很快成了朝廷重量级的大臣。

当时，朝中有大臣死了，如果碑文不是柳公权亲自写的，家族的人、外面的人就会觉得这家子孙很不孝，怎么的，舍不得花钱吗？子孙们也一脸无奈，柳大人乃是顶级奢侈品，不是咱们不肯花钱，而是提前预订都订不到啊！总不能不让先人下葬吧？

外国的使臣来到长安进贡之后，都会花重金请柳公权写字、写文章，不然会显得自己国家的人没文化、没内涵。饭可以不吃，青楼可以不逛，必须不惜一切代价，拿下柳公权的书法和文章。

柳公权背靠豪门家族，自己的工资也很高，"外快"更是拿到手软，所以，他能够潇潇洒洒，做自己想做的事情。

但并不是每个人都像他这么幸运。对于中下层文人来说，没钱，没地位，就意味着贫困和愁苦。

翻开唐诗，经常能看到诗人们穷困潦倒，时不时写首诗哭个穷，杜甫呼喊："布衾多年冷似铁，娇儿恶卧踏里裂。床头屋漏无干处，雨脚如麻未断绝。"孟郊低吟："秋至老更贫，破屋无门扉。一片月落床，四壁风入衣。"孟云卿感叹："二月江南花满枝，他乡寒食远堪悲。贫居往往无烟火，不独明朝为子推。"杜荀鹤哀嚎："回头不忍看羸僮，一路行人我最穷。"

不光写自己穷，还写别人穷。

题所居村舍

家随兵尽屋空存，税额宁容减一分。

衣食旋营犹可过，赋输长急不堪闻。

蚕无夏织桑充寨，田废春耕犊劳军。

如此数州谁会得，杀民将尽更邀勋。

贫女

蓬门未识绮罗香，拟托良媒益自伤。

谁爱风流高格调，共怜时世俭梳妆。

敢将十指夸针巧，不把双眉斗画长。

苦恨年年压金线，为他人作嫁衣裳。

诗人王建出身寒微，因为贫困而做过小士兵，后来到了头发已白的年纪，好不容易考中了进士，却一直在基层岗位徘徊，无法升迁。工资不高，待遇不行，整天想的就是吃完这顿，下一顿该怎么解决？"终日忧衣食。"

人到暮年的王建在陕州担任司马时，好不容易在工作地点附近盖了一座小屋子。却又为了吃饭焦虑。没有粮食，还可以用野果对付一下，但是到了早春时节，梨子、枣子都已经吃完了，小孩被饿得哭哭啼啼。看着比他脸还干净的米缸，王建心里五味杂陈。村里人家也没有余粮，有人买不起牛，只能借牛耕种。庄稼种晚了，没有收成，官府还催缴赋税，唉，他们只能把树卖了。

正是沉浸式体验了贫穷的滋味，他才能写出《原上新居十三首》这样的诗歌。

原上新居十三首（其五）

春来梨枣尽，啼哭小儿饥。邻富鸡常去，庄贫客渐稀。

借牛耕地晚，卖树纳钱迟。墙下当官路，依山补竹篱。

有人可能不解，他们不是生活在最强大的唐朝吗？怎么老写没吃没喝没衣穿？

他们是真穷啊！唐朝官员工资不高，如果没有家庭背景，不能升任高官，也只能勉强维持基本的生活。多年的考试、行卷、漫游，需要钱吧？哪儿来？不知不觉之中，累弯了腰，拖垮了家。万一生个病，贬个官，又没有积蓄，立即进入困难户行列，如果不小心下岗或辞职了，直接成为"特困户"。而唐朝出身真正寒门的文人极少，在活字印刷术发明之前，家中拥有几套书的，也绝非一般的人家。能读得上书的，也绝非平民百姓，或多或少，祖上都有点地位或积蓄。如此家庭，都穷得叮当响，底层人民又该是怎样的生活状态呢？

写墓志铭而发财的文人毕竟是少数，你要么名气震天响，要么认识朋友多，要么能够拉下脸，如果都做不到，又碰上"经济不景气"、王朝中晚期、自然大灾害等时期，普通人家连饭都吃不饱，棺材都买不起，又怎么可能花钱请你写墓志铭？而且土豪权贵家里死人的速度远比不上你花钱吃饭的速度，即便有人去世，他们要么找最有名的，要么找关系好的，更多的是找上级领导来写，正好找一个正当的理由来塞钱拍马屁。留给普通文人的机会极少。

我们不能批评韩愈等这样想着赚钱的文人，他们利用自身的特长和名气，赚点"外快"，改善生活，也没什么不好。但他们也只是制度下的少数几个幸运儿，那些考不上或者找不到工作的文人，大多在凄风苦雨中落魄地度过默默无闻的一生，死了都没人管，没人问，烂在地里，消失在历史的长河之中，连个名字都没能留下。

也有落榜生经历过考试的蹂躏之后，终于想通了，彻底放飞自我，干脆去做没有社会地位的生意人。在唐朝，生意人不太被朝廷与社会认可，始终处于鄙视链的最底端，子孙们也会因为祖上的商人身份而不能参加科举考试。李白就是因为出身商人家庭而无法参加正规的考试，只能走上荐举的道路。

在古代，官场才是一个文人最终的归宿，政治前途才是他们最关心的事情，所以，大部分诗人放不下架子，丢不起人。这也是很多古代文人痛苦的根源，有些并不适合当官的人却找不到其他正规的出路，青春无法安放，激情无处张扬，只能干耗在自己不喜欢、不擅长的领域。社会的进步，是让每种性格的人都有发挥才能的机会，即便不当官，也能受到社会的尊重，享受平等的待遇。

考生萧静之考了很多年，却始终涛声依旧，脸色憔悴如同僵尸，血色全无。头发、牙齿不断地闹罢工，搞辞职，纷纷下岗。有一天，萧静之路过一面镜子，愣住了，里面的人是谁？是我吗？头发呢？怎么弄成这个鬼样子？这就是考试的意义吗？这就是人生的追求吗？

　　唉，不考了，砸锅卖铁创业去！经过科举和铨选的层层蹂躏后，还有什么不能干？几年之后，萧静之成了"大款"（"数年而资用丰足"），买土地建别墅，重养生吃补药。有一次，他行走在自家的豪宅大院中，发现了墙角的地上长了个奇怪的东西。很像人的手掌，肥腻腻、红润润的。贴上去一闻，一股清香扑鼻而来，顿时感觉神清气爽。该不会是仙草吧？

　　他将东西采摘起来，然后烹煮一番之后，尝了尝，味道好极了。那就每天吃一点，看看能否唤回我那早已逝去的青春！不知不觉，他的腿不酸了，腰也不疼了，头发长出来了，一口气跑路还不费劲！越来越年轻，越来越帅气。大家感到很奇怪，难道这是人之将死，回光返照吗？

　　有个隐居深山的道士来到萧家游玩，发现了对方逆生长的原因：你是不是吃了灵芝？

　　哦，原来我吃的是灵芝！

　　良好的心态，优渥的生活，又有了灵芝草的调养，萧静之成了人人羡慕的"神仙"。

　　生活怎么过都是过，又何必执着于官场呢？中唐以后，商业发达的一个重要原因是不少落榜考生干脆放下包袱，跑去做生意，呼风唤雨，发财致富。但是，很多文人不愿放弃政治前途，而且也不是所有人都适合做生意。

　　贫穷、困苦依旧是唐朝大部分中下层文人的生活主基调。

　　在古代，男人赚钱相对容易一些，女人想要赚钱，就会更辛苦。

　　她是唐朝的邓丽君，歌喉一展，众人惊叹；她也是唐朝的相声演员，为了生计，搭班演戏；她更是文人才子追捧的美人，相貌出众，绯闻满地。

她的名字叫刘采春。从小家境贫寒的她明白，在女人无法参加考试的时代，想要改变命运，只能学个手艺。刘采春进了当地的戏班子，学习戏曲表演，认识了同为演员的丈夫周季崇，二人组建戏班，四处走穴。渐渐地，他们发现，参军戏很受百姓欢迎。市场需求什么，那就表演什么。

参军戏源自十六国时期，后赵石勒发现一个参军（基层官吏）贪污，为了惩戒，他命令一个表演艺人扮成参军的样子，然后让另外一位艺人从旁戏弄调侃。表演效果出奇的好，大家很喜欢看，贪官也受到了震慑。从此以后，这个临时表演变成了戏曲节目，被戏弄的对象称为"参军"，戏弄的人称"苍鹘"，类似于现在的相声，一个捧哏，一个逗哏。后来又变成多人合演，有了女角色，类似于现在的春晚小品了。

就这样，周季崇和妻子刘采春、哥哥周季南组成"小品铁三角"，表演参军戏，维持基本的生活。

刘采春渐渐成了戏班里的顶梁柱，当红演员。她拥有林籁泉韵般的嗓子，闭月羞花般的容貌，还有出口成章的才华，自己唱歌，自己填词，比如《啰唝曲六首》（也称《望夫歌》）：

不喜秦淮水，生憎江上船。载儿夫婿去，经岁又经年。

借问东园柳，枯来得几年。自无枝叶分，莫恐太阳偏。

莫作商人妇，金钗当卜钱。朝朝江口望，错认几人船。

……

为了迎合市场，她创作了大量的通俗而不低俗的情歌，生动地再现了女人对出门在外的男人的思念之情。

一个集"表演、唱歌、创作"于一身的漂亮女人，如果不红，谁能红呢？

男人们蠢蠢欲动，文人们纷纷撩骚，有钱的赏钱，没钱的捧场，有才华的自然少不了赠诗。风流才子元稹与薛涛坠入爱河的时候，也给刘采春寄过诗歌——《赠刘采春》：

> 新妆巧样画双蛾，谩裹常州透额罗。
> 正面偷匀光滑笏，缓行轻踏破纹波。
> 言辞雅措风流足，举止低回秀娟多。
> 更有恼人肠断处，选诗能唱望夫歌。

对面的女孩，你是那么美。一颦一笑，穿衣打扮，迷得人神魂颠倒。再看你优雅地走姿，光滑的皮肤，哎呀，受不了啦！没承想你还有大招，谈吐优雅，举止得体，更勾魂的是你那美妙的嗓子，一旦唱起忧伤的望夫歌，谁能挡得住啊！

元稹的诗歌写得直白热烈，挑逗性十足，让很多人产生了猜测，他们俩是不是有点什么，越传越邪乎，绯闻就这么出来了。

甚至有传言说刘采春出轨元稹，抛弃丈夫。这些流言都没什么史实依据，也是不负责任的。其实，百姓喜欢听戏，文人也喜欢，捧捧场子也无可厚非。写首诗歌提升女演员的名气，既是打赏，又是营销，能吸引更多的观众过去捧场。诗人们都说好，一定错不了。对表演者来说，诗歌相当于现在的广告词，也是一种高超的营销手段。这就跟文人找权贵名流行卷一样，一个为了做官，一个为了赚钱。

男人赚钱不易，女人更不容易。身处底层（在古代，演员的地位很低）的女子，吃了上顿没下顿，哪有那么多心思谈情说爱？

第七章

踏青，旅游，溜达溜达

（游乐忙；过节忙）

01 走，跟我一起到户外，玩玩去

在认真工作之余，每逢节假日，唐朝文人们也会组织一些户外运动和游戏。邀请好友，备上饭菜，来到郊外，欣赏美景，畅谈人生。尤其在清明节、寒食节、上巳节、重阳节等重大节日里，除了完成节日规定的祭祀等动作，大家为了祈求降福，放松心情，还创造性地玩出了新花样。比如激烈对抗的马球比赛。

长安城的梨园内，马球赛场传来了阵阵呐喊声。伴随着击鼓奏乐声，震耳欲聋，令人振奋。唐朝皇家四人马球队正迎战吐蕃使团十人马球队。只见一个身材魁梧、帅气英俊的年轻人一鞭下去，骏马前脚离地，然后重重踏下，尘土飞扬。人与马合二为一，风驰电掣而去。马上的年轻人挥舞着球杆，一会儿向东，一会儿向西，犹如一阵狂风席卷而过。场下的女人们眼睛喷火，哇，好帅！男人们紧握双手，嘿，真酷！皇帝唐中宗眉头紧皱，这次千万不能输了，不然我大唐的脸面何在？就在之前，十个吐蕃人对战十个唐朝人，结果，原本信心满满的唐人却输了。丢了面子的唐中宗想到了身边的四个年轻小伙子，他们的打球技术在我大唐绝对是顶尖的，不如叫来撑撑场面？

对，四个打十个，万一赢了，咱的面子不就彻底回来了吗？

快，快打！进，必须进！紧张的唐中宗也放下皇帝的尊严，不由自主地呐喊起来。场上其余三个年纪相仿的队友紧跟在年轻人的后面，配合默契，攻势凌厉，一个球，两个球……他们将比赛打成了精彩绝伦的表演，连吐蕃高手们也频频点赞。

他们赢了，真的赢了，不可思议，太帅了！场上的欢呼声经久不息。

那个自带主角光环的年轻人就是临淄王李隆基（日后大名鼎鼎的唐玄宗），其余三人分别是虢王李邕、驸马杨慎交和武延秀。挽回面子的唐中宗很开心，当场送给几人超级礼包："赐强明绢数百段。"

入门才算赢哦，加油，加油！

永争第一，爱你，爱你！

马球也称"击鞠""击毬"或"打毬"，是一项骑在马上挥杖击球的运动。毬即木球，类似现在的高尔夫球，里面是空的，外面是木头的。比赛分两队进行，人数没有严格规定。参加的人骑马或骑驴、骑骡，用球杖（球杆）击球。球场类似于现在的足球场，场外插了一定数量的红旗，作为边界。比赛的时候，有鼓乐伴奏、球迷呐喊，好比现在的啦啦队。谁打进球门的球多，谁就赢得了比赛。

马球运动在唐朝很流行，皇帝也提倡，因为这样的运动既能娱乐身心，也能训练骑马技术，拥有强悍的骑兵乃是国家强盛的标志。很多皇帝本人就是马球高手，比如唐玄宗、唐僖宗等。据说，唐僖宗是一个超级球迷，他曾经自信满满地对身边的人炫耀："如果国家有马球科的科举考试，朕要是参加，绝对可以中个状元。"为了激发大家的打球积极性，他甚至把节度使的位置拿出来作赌注。

有一次，川中地区腾出了三个节度使的位置，肥水最多的地方——西川成了众人争抢的香饽饽。面对报上来的备选名单，唐僖宗左看右看，感觉一个样，不都是两条腿、两只手加一个脑袋吗？他们到底有什么才能？怎么选呢？

不如来个马球比赛，谁第一个进球，谁就出任西川节度使。选官员，不如选球星，我还能看一场像样的球赛。说干就干，唐僖宗叫来了神策军将领陈敬瑄、杨师立、牛勖和罗元杲四个人，宣布道：今天你们谁最先进球，谁就去西川；谁最后一个进球，谁就在京城待着，哪儿都不去！

几位将领热血沸腾，骑马，挥杆，击球，你争我抢，在巨大的利益诱惑面前，都使出了吃奶的劲。这就是历史上荒唐的"击球赌三川"。而当时黄巢起义已经爆发，随时都有攻入长安的可能，皇帝却用这种奇葩的方式选择前线的指挥员，实在令人匪夷所思。

长安城被起义军攻陷之时，唐僖宗沿着祖宗唐玄宗的逃跑路线，去了蜀地，来回折腾，导致他的身体越来越差，年纪轻轻便去世了，只能到阎王殿里和小鬼们组织"地狱级别的马球超级联赛"了。

面对皇亲国戚们的喜好，善于行卷干谒的唐朝诗人们也不会闲着，要么亲自参与马球运动，苦练击球技巧；要么现场创作诗歌，记录精彩时刻。有时皇帝也会直接发话：某某某，某某，也给你们同台竞技的机会，他们打球，你们写打球，看谁写得好。于是便有了"应制诗"，也叫"应和诗"，是古代臣子、诗人奉皇帝所作、所和的诗歌，内容多为歌功颂德。

著名诗人沈佺期写过《幸梨园亭观打球应制》：

> 今春芳苑游，接武上琼楼。宛转萦香骑，飘飘拂画球。
> 俯身迎未落，回辔逐傍流。只为看花鸟，时时误失筹。

在这个暖风吹拂、鸟语花香的季节，皇帝、后妃来到了梨园，观看马球比赛。球手们来回奔驰，你追我赶，激烈碰撞。女孩子们的眼睛忽而在赛场，忽而在春光，忽而看帅哥，好不容易出来一趟，总想把美好的事物都看尽，从而忽略了球场上比赛的分数。

诗人崔湜也写了《幸梨园亭观打球应制》：

年光陌上发，香辇禁中游。草绿鸳鸯殿，花明翡翠楼。

宝杯承露酌，仙管杂风流。今日陪欢豫，皇恩不可酬。

田野里一片大好春光，皇帝乘着座驾来到梨园观看马球比赛。眼前，花草翩然起舞，暖阳照进楼阁。一边品着美酒，一边听着乐曲，还有比陪着皇帝看球更幸福的事情吗？没有英明神武的皇帝，咱们哪有如此美丽的新生活？

简单，直接，赤裸裸！

除了男人喜欢看球，女人们也喜欢看。有些才女也会留下诗歌，记录观看时的心情与风景。

当年，诗人李亿到刘潼的河东节度使幕府中任职，正和他如胶似漆谈恋爱的大才女——鱼玄机也跟着过去了。两人在山西太原度过了短暂而又幸福的时光，时而吟诗作赋，时而骑马看球。有一次，在观看一场精彩比赛之后，鱼玄机写了一首《打球作》：

坚圆净滑一星流，月杖争敲未拟休。

无滞碍时从拨弄，有遮栏处任钩留。

不辞宛转长随手，却恐相将不到头。

毕竟入门应始了，愿君争取最前筹。

月杖指的是击球杆，圆形的木球打出去如同快速划过的流星。人们争着击球，场面火爆。木球转动，随手而出，能不能进门呢？入门才算赢！爱你，爱你，不要放弃！加油，加油，勇争第一！

马球不过瘾，打的是"死球"，更激烈的还有打猎，打的是飞禽走兽。

唐朝名将李客师是卫国公李靖的弟弟，靠门荫进入官场，在唐朝统一战争中屡立战功。他最大的爱好就是骑马打猎，不论什么季节，他一有时间就会跨上马，背起弓，带上人，前往他京城之外的私家园林及其周边山区打猎。因为去得次数频繁，山里的鸟兽都认识他了。只要看到他穿着一身行装出现，鸟儿们便扑闪翅膀，迅速飞向远方；野兽们则绷紧肌肉，狂奔逃进密林。鸟兽边跑边叫，仿佛在提醒同伴：老李来了，瘟神来了！不想死的快跑啊！

周边的百姓给李客师起了个外号："鸟贼"。

平民百姓、普通文人不太可能玩马球、打猎这种耗费大量钱财的奢侈运动，他们只能在节假日里，玩点不太烧钱的游戏。

在唐朝，寒食节、清明节、上巳节基本都是连在一起的，又适逢春暖花开，正是户外郊游、运动的好时节。在这些天里，全家一起出动，松松筋骨，看看景色。

寒食节是为了纪念春秋时期晋国被大火烧死的名人介子推，百姓们在他忌日的那个月里，不能生火煮饭，要吃提前煮好的冷食。这样吃饭，简直就是摧残大家的健康，每年都有因为长时间吃生冷食物而死去的人。因此，很多地方就改成了在寒食前后禁火三天，吃冷食。清明节是扫墓祭祖与踏青郊游的日子，上巳节则是大家到水边沐浴，洗去身心污垢的节日。正好带着提前做好的冷食，拎着美酒，携上家人，到郊外享受阳光的香味。

文人吃饭喝酒自然少不了诗词，于是就有了助兴取乐的游戏——飞花令。原本是古人行酒令时的一个文字游戏，后来唐朝诗人韩翃写了一首诗歌《寒食》：

春城无处不飞花，寒食东风御柳斜。
日暮汉宫传蜡烛，轻烟散入五侯家。

寒食节里，长安城柳絮飞舞，百花绽放，无时无处不散发着清香。虽然民间禁止燃火，但是，王公贵族的家里却点着皇上特赐的蜡烛。

在寒食节禁火的时候，君王们把蜡烛作为珍贵的礼物赏赐给高官权贵们。到了南北朝、隋唐时期，蜡烛也主要限于中上层人士使用，普通人家用不起。宋朝虽然蜡烛用得比较普遍，依旧属于炫富的产品。古代蜡烛通常由动物油脂制造，有句歌词叫："小老鼠，上灯台。偷油吃，下不来！"说的就是老鼠偷吃灯油。贫穷人家炒菜都不一定放得起油，怎么能用得起油灯呢？古人"日出而作，日入而息"，白天劳动完，天黑睡大觉，主要是为了省钱！

《寒食》原本是一首讽刺诗，却因为"春城无处不飞花"写得太浪漫了，而此句最后一个字又是"花"，内容写的又是寒食节，文人们就把"飞花"两个字拿来当作游戏的名字，便有了"飞花令"。

玩这种游戏的时候，文人们对出的诗句要和第一个人吟出的诗句格律一致，而且规定好的字，出现的位置也有严格的要求。

比如说，酒宴上甲说一句第一个字带有"花"的诗词，如"花近高楼伤客心"，乙要立即接上第二字带"花"的诗句，如"落花时节又逢君"。丙可接"春江花朝秋月夜"，"花"在第三字位置上。丁接"人面桃花相映红"，"花"在第四字位置上。然后可以是"不知近水花先发""出门俱是看花人""霜叶红于二月花"等。到花在第七个字位置上，一轮就算完成了，可以继续循环下去。想不出诗句的、说错诗句的人，则要罚酒。

飞花令可以选用前人或别人写的诗句，也可以自己临场发挥，创作诗句。选择的句子一般不超过七个字。

在清明节、上巳节时期，除了飞花令，还有很多其他的有趣游戏，比如荡秋千、放风筝、蹴鞠、斗草等。

斗草，也叫斗百草，古代很流行的一种游戏，有武斗和文斗两种方式。武斗，就是采摘草本植物以后，两人各拿着自己的草，草茎交结相对，用力拉扯，类似手指拉钩的游戏。谁的草先断掉，谁就输了。所以，很多人专门寻找韧劲强的草。也有人为了赢得游戏而作弊，唐朝安乐公主乃唐中宗李显的幼女，从小就骄横任性，俨然一幅霸道女总裁的姿态，干什么都要拿第一。看到斗草游戏好玩，她就想着怎么才能赢？小眼睛一转，有了！她偷偷命人在草茎上沿着脉络偷偷粘上头发丝，增加了草的强度，别人却轻易发现不了。有了"秘密武器"，安乐公主轻松创作了连续五日斗草而不败的神话，打破了斗草界的新纪录。

除了武斗，还有文斗。大家比赛谁采摘的花草种类多，然后聚在一起报花名，有点类似现在的成语接龙，用对仗的方式报出花名，谁接不上谁就输。比如有人说"红梅"，你可以对"青萍"；有人说"美人蕉"，你可以对"君子兰"；有人说"春风桃李"，你可以对"秋雨芭蕉"。

文斗游戏更能显示学识，受到了女孩和文人们的欢迎。

斗草算不上刺激，还有更令人兴奋的斗鸡游戏。

02 那些激情燃烧的岁月

斗鸡有点类似斗蛐蛐，大家选择暴躁好斗、训练有素的鸡相互搏斗，好比人类的拳击比赛，飞踢、扑打……直到一方死伤或被迫跳出围栏，比赛才算结束。场面非常激烈，看得人热血沸腾。斗鸡在战国时期就已经很盛行，《战国策》曾记载："临淄甚富而实，其民无不吹竽、鼓瑟、击筑、弹琴、斗鸡、走犬。"到了唐朝，尤其是寒食节前后，人们吃冷菜冷饭，需要一些刺激的活动来调节身心，加上唐朝本来就有尚武好斗的风气，因此，斗鸡游戏盛行一时。从皇宫到民间，都为斗鸡而疯狂。《全唐诗》中有多首诗歌提到"斗鸡"一词。比如杜甫的《斗鸡》：

斗鸡初赐锦，舞马既登床。帘下宫人出，楼前御柳长。

仙游终一阕，女乐久无香。寂寞骊山道，清秋草木黄。

张籍的《少年行》：

少年从猎出长杨，禁中新拜羽林郎。

独到辇前射双虎，君王手赐黄金铛。

日日斗鸡都市里，赢得宝刀重刻字。

百里报仇夜出城，平明还在倡楼醉。

遥闻虏到平陵下，不待诏书行上马。

斩得名王献桂官，封侯起第一日中。

不为六郡良家子，百战始取边城功。

即便到了五代十国时期，花蕊夫人的《宫词》里也提到过斗鸡游戏：

寒食清明小殿旁，彩楼双夹斗鸡场。

内人对御分明看，先赌红罗被十床。

王公贵族们也都乐此不疲，纷纷加入斗鸡游戏，一掷千金，甚至因此引发了皇室内部的矛盾。

当年，十六岁的王勃参加科举考试，一举成功，顺利晋级，被朝廷授予朝散郎，负责议论朝政。这样一帆风顺的经历在唐朝简直不可思议，很多才子忙碌一辈子，也未必考得中。

金榜题名时，扬名天下知。兴奋的王勃特意为皇帝写了一篇歌功颂德的文章——《乾元殿颂》，文采飞扬，汪洋恣肆。唐高宗被"拍"出飞一般的感觉，惊呼道："奇才，奇才，我大唐奇才也！"

皇帝一点赞，名声传得快！王勃从小镇文艺青年迅速变成大唐霸气才子，与杨炯、卢照邻、骆宾王合称"初唐四杰"。

从年少成名来说，王勃是幸运的，但从过早成名来看，王勃又是不幸的。

唐高宗的第六个儿子沛王李贤非常喜欢王勃，直接伸出橄榄枝：来吧，小王，做我的王府修撰（编写书籍、出谋划策等），保你吃香喝辣！

王勃感动得小身板直抖，千里马超级多，伯乐哪里有？他卖力地工作，以报答沛王李贤的恩情。有一天，李贤与弟弟英王李显玩斗鸡游戏。王勃为了助兴，发挥文采，快速地写下了一篇《檄英王鸡》，可谓惊天地泣鬼神！

"两雄不堪并立，一啄何敢自妄？养成于栖息之时，发愤在呼号之际。"两雄相斗必须决出胜负，一次啄击的胜利又怎能自夸呢？在平常的训练中培养战斗的意志，在呼号争杀中才能显示出真正的神威。

"搏击所施，可即用充公膳；翦降略尽，宁犹容彼盗啼。岂必命付庖厨，不啻魂飞汤火。"用力搏击，坚持到底，撕下的对方身上的肉，让它成为你的口中美食；对于败者，你岂能容它鸣叫求饶？不必等到交给厨房烹煮，你的铁口不就是烹饪它的沸水与烈火么？上去，拼个你死我活。

"羽书捷至，惊闻鹅鸭之声；血战功成，快睹鹰鹯之逐。"捷报传出，鹅鸭惊呼你的风采；胜利时刻，大家争睹你的英姿。

"牝晨而索家者有诛，不复同于兹畜；雌伏而败类者必杀，定当割以牛刀。"没有尽力战斗的鸡立即拉到鸡坊行刑，表现懦弱胆怯的鸡就得格杀勿论，战场投降认输者更应斩尽杀绝。

字里行间，杀气腾腾，直接把英王李显气了个半死。你小子，骂人都不带脏字的，杀人也不带飙血的！

唐高宗听闻雷霆震怒。你这是斗鸡吗？这是煽动斗人。自从唐朝开国以后，诸王之间的争权夺利、互相攻击就没有停止过，唐太宗就是杀了哥哥与弟弟，才顺利登上了皇位。高宗对兄弟之争和王公大臣沉迷斗鸡游戏的事情，非常反感。而《檄英王鸡》直接挑动了他敏感的神经。所以，他将怒气转到了王勃身上，说道："歪才，歪才！二王斗鸡，王勃不进行劝诫，反倒作檄文（古代用于声讨、揭发罪行等的文书）。有意虚构，夸大事态，应立即逐他出王府！"

原本只是玩笑文，却因为写得过于有气势，成了挑衅文。

高宗前后两次感叹，一次点赞，一次狠批，王勃的命运也随之一次飞上天，一次入地狱。原本众星捧月的他被逐出了长安城，仕途就这样终结了。

有人因鸡而罢官，也有人因鸡而升官。

到了唐玄宗时期，多才多艺的皇帝对游戏、艺术、音乐都特别痴迷。每年的元宵节、清明节、中秋节等重要节假日，唐玄宗会在长安城内亲自主持举行规模盛大的斗鸡比赛。宫廷乐队集体出动，吹拉弹唱，仪式感满满；后宫佳丽纷纷出场，搔首弄姿，画面感强烈。

一次，唐玄宗出宫闲逛，发现了一个"养鸡小达人"——贾昌。小贾既能听懂鸟语，善于斗鸡，还能制作带有机关的"木制鸡"。玄宗如获至宝。人才啊，来我的养鸡场做专职教练吧！你负责给我斗鸡，我负责为你刷卡，咱俩一起笑哈哈。贾昌果然有两把刷子，他一到鸡场，斗鸡们仿佛见到了亲人，纷纷靠近他。只要经过他训练的斗鸡，都非常凶悍听话，指哪打哪。

每当举行斗鸡大会，"斗鸡之王"贾昌则会盛装出席，头戴雕翠金华冠，身穿锦绣大襦裤，昂首挺胸地走在百鸡之中，犹如战场上目光如炬的大将军。在他的统一指挥下，斗鸡们个个精神饱满，勇往直前，不斗得你死我活，叫好连连，决不罢休。那斗鸡场面，鞭炮齐鸣，锣鼓喧天，人山人海，红旗招展，极具视听震撼。

斗鸡大会结束之后，贾昌指挥手下的斗鸡接受皇帝的检阅，然后，迈着整齐的步伐回到鸡场。整个过程极大地满足了皇帝的虚荣心。啧啧，看看，连鸡都这么斗志昂扬，我大唐岂能不昌盛？

贾昌因此而受到了唐玄宗和杨贵妃的宠信，飞黄腾达，呼风唤雨，娶了漂亮的老婆，住进了舒适的房子，生了可爱的儿子，连达官贵人都争着巴结他。所以，当时民间流行一首歌谣：

> 生儿不用识文字，斗鸡走马胜读书。
> 贾家小儿年十三，富贵荣华代不如。
> 能令金距期胜负，白罗绣衫随软舆。
> 父死长安千里外，差夫持道挽丧车。

正是因为晚年的唐玄宗沉迷美色和游戏，才导致了"安史之乱"爆发。皇帝跑了，贾昌也失去了靠山，亡命天涯。叛乱平定之后，贾昌心灰意冷，看透红尘，隐居长安寺庙，不再过问人间俗事。

斗鸡，显赫一时；隐居，无人问津。

不仅皇帝容易玩物丧志，普通人也会。在民间，斗鸡常常带有赌博性质。有人因此而发家致富奔小康，有人沉迷其中无法自拔，还有人从斗鸡场打到了"拳击场"。

李白年轻的时候来到长安城，血气方刚的他对激烈的斗鸡运动"一见钟情"。下赌注，玩一把。结果不知什么原因，也许是斗鸡过程中说错了话，也许是有人输了不认账，对方仗着人多势众，将李白围了起来。小样，外地乡巴佬，来到京城还想要横是吧？也不看看大爷是谁？

向来侠肝义胆的李白也毫不畏惧，拔出腰间的延陵宝剑。管你是谁！咱"十五好剑术，剑术自通达"，论打架，从来没怕过；

"十步杀一人，千里不留行"，论杀人，向来不眨眼。来，让你们见识一下，什么叫血流成河！

双方摆出了不杀了对方不罢休的架势，战斗一触即发。陪同李白游玩的朋友陆调看情形不对，对方人多，自己铁定吃亏。他立即冲开人群，快马加鞭，跑去"报警"，请来官兵，才把李白从一伙地痞流氓的手中救了出来。否则，"诗仙"有可能成为"天外飞仙"了。

后来，李白给陆调写了一封叙旧信，提到了这件陈年往事：

叙旧赠江阳宰陆调

风流少年时，京洛事游遨。腰间延陵剑，玉带明珠袍。
我昔斗鸡徒，连延五陵豪。邀遮相组织，呵吓来煎熬。
君开万丛人，鞍马皆辟易。告急清宪台，脱余北门厄。

在很多唐朝文人的眼中，斗鸡乃是娱乐的必备项目。比如张仲素的《春游曲三首》写道：

烟柳飞轻絮，风榆落小钱。濛濛百花里，罗绮竞秋千。
骋望登香阁，争高下砌台。林间踏青去，席上寄笺来。
行乐三春节，林花百和香。当年重意气，先占斗鸡场。

烟花三月，柳絮飘飘，正是踏青时节。女人们忙着荡秋千，赏美景；男人们赶紧占位置，看斗鸡。

诗人于鹄的《公子行》展现了一个男人理想的生活：

少年初拜大长秋，半醉垂鞭见列侯。
马上抱鸡三市斗，袖中携剑五陵游。
玉箫金管迎归院，锦袖红妆拥上楼。
更向院西新买宅，月波春水入门流。

喝酒微微醉，结交诸侯王，马上抱斗鸡，仗剑走天涯。搂着大美人，聆听好声音。住着大豪宅，月下入睡香。生活富足，悠闲自在。

斗鸡已经不仅仅是一种游戏，更是勇气和侠义的体现，与唐朝人尚武精神融合在一起，散发着雄性战斗的魅力，释放了男人们无处安放的青春与激情。

当然，也有比较安静的游玩方式，比如上巳节的流觞曲水等系列活动。

农历三月三日，乃是中国传统的节日——上巳节，俗称"三月三"，是春天的修禊日。民间有祭祀的习俗，大家到水边沐浴，除去污垢，驱除病患，祈福消灾。

公元 353 年的三月初三，东晋名流王羲之作为顶级门阀士族的代表和地方的最高行政长官（会稽内史），不可能去水边搓澡，怎么办呢？他广发英雄帖，邀请当时的顶级名流雅士们到山阴城兰亭集会。大书法家的影响力是惊人的，魏晋以来显赫家族的子弟们差不多都到齐了：王家、谢家、袁家、郗家、庾家、桓家……

　　兰亭有险峻的山峰，茂盛的树林，修长的竹子，清澈的溪水环绕周围，小鱼欢快地嬉戏，清风悠悠地吹起。一帮文人雅士坐在溪水的岸边，在上游放置酒杯（通常是木头做的，也有陶瓷做的，这种酒杯做成像小船一样的形状，左右有耳，两边突出，像是鸟的翅膀，所以又称"羽觞"，能够漂浮在水上）。杯子顺流而下，经过弯弯曲曲的溪流，停到谁的前面，谁就要即兴赋诗，说不出来的就要取杯罚酒。这样的活动有个诗意的名字——曲水流觞，预示着祛灾免祸。

　　公子哥们喝酒喝出了新境界。事后，王羲之为大家的诗集写了一篇序言——《兰亭集序》，讲述事情的经过和自己的思考。

乘着酒劲，他铺上蚕茧纸，手握鼠须笔，将多年的书法技巧展现在纸上，每个字都龙飞凤舞，活灵活现，即便是重复的字，也写出了不同的变化。他将兰亭的自然美景、游玩的情感、人生的思考融入书法之中，整篇书法犹如流觞曲水，灵动自然。

从此，《兰亭集序》的文章与书法成为"绝代双骄"，名垂千古！文章精彩绝伦，书法劲健飘逸，被后世推为"天下第一行书"。相传，唐太宗得到这部书法珍品之后，爱不释手，反复观看，最后竟然带进了棺材。

有了王羲之这样顶级名流的"加盟"和示范，上巳节变得更加高雅。除了河边洗澡，文人们还加入了祭祀宴饮、曲水流觞、郊外游春等内容。在如此有纪念意义的时节，怎能不吸引唐朝才子们的注意呢？

长安的曲江池边，洛阳的洛水、伊水边，挤满了来自四面八方的人。大家梳妆打扮，全家出动，在水边喝着美酒，吃着糕点，畅谈人生，结交朋友，炫耀才华。诗人刘驾在诗歌《上巳日》中记载了当时的情景：

上巳曲江滨，喧于市朝路。相寻不见者，此地皆相遇。
日光去此远，翠幕张如雾。何事欢娱中，易觉春城暮。
物情重此节，不是爱芳树。明日花更多，何人肯回顾。

大家倾城出动，多年未见的老朋友，也有可能在这一天相遇。曲江池是进士们最喜欢游玩的地方，百姓们也都喜欢到这里沾沾"才气"，以期家族里能冒出几个进士，光宗耀祖。

达官贵人们的出游，跟普通百姓和文人的阵势肯定不一样。他们一出动，必然要挑动大家的神经，成为全城的焦点。诗人杜甫就目睹了一次杨贵妃兄妹的"奢华郊外游"。

三月三日，天气清新，阳光明媚，长安曲江河畔突然聚集了很多美人。看那样貌，文静自然，皮肤白润；看那身材，胖瘦适中，匀称和谐。身上穿的是什么呢？绫罗绸缎的华丽衣服，上面有金丝绣的孔雀和银丝刺的麒麟。头上戴的是什么呢？翡翠玉的花饰垂挂在两鬓。人群中有贵妃的亲戚——虢国和秦国二位夫人。她们的眼前摆放的是什么美食呢？

装在青黑色蒸锅里的褐色驼峰（骆驼背上的肉峰，在古代属于稀有美食），盛在水晶圆盘里的鲜美白鳞鱼。但是，她们拿着犀角材料做成的筷子，迟迟不动，挑三拣四，嫌弃食物不够新奇。哎，厨师们白忙活了一场。宦官们慌了，赶紧骑马飞奔皇宫，命令御厨们送来山珍海味。贵妇们笑了，勉强张开了樱桃小口。

接着，婉转的音乐响起，优美的舞蹈动起，四周挤满了达官贵人、随从侍卫。看来大人物要出场了！很快，一个穿着华丽的官人从马车上翩然而下，从精美的绣毯上缓缓地走进帐门。那姿态，那神情，就一个字——拽！他也许就是杨国忠吧！

唉，杨家的权势现在如同火焰烫人，咱们普通人还是不要靠近他，以免惹怒了丞相（杨国忠）大人！

"安史之乱"前夕，杜甫根据他在长安城的所见所闻写下了《丽人行》：

三月三日天气新，长安水边多丽人。

态浓意远淑且真，肌理细腻骨肉匀。

绣罗衣裳照暮春，蹙金孔雀银麒麟。

头上何所有？翠为匐叶垂鬓唇。

背后何所见？珠压腰衱稳称身。

就中云幕椒房亲，赐名大国虢与秦。

紫驼之峰出翠釜，水精之盘行素鳞。

犀箸厌饫久未下，鸾刀缕切空纷纶。

黄门飞鞚不动尘，御厨络绎送八珍。

箫管哀吟感鬼神，宾从杂遝实要津。

后来鞍马何逡巡，当轩下马入锦茵。

杨花雪落覆白蘋，青鸟飞去衔红巾。

炙手可热势绝伦，慎莫近前丞相嗔！

百姓们只不过来河边沐个浴，祈个福，你们杨氏兄妹可倒好，拿着"纳税人"的钱，在这里炫富，炫权力，嚣张跋扈，穷奢极欲。由"炙手可热势绝伦，慎莫近前丞相嗔"两句诗引出了一个成语——炙手可热，手一靠近就感觉很烫，比喻气焰盛，权势大。

到了重阳节，唐朝文人们还有登高、赏菊、插茱萸等活动项目。

农历九月九日是重阳节，因为《易经》把"六"定为阴数，把"九"定为阳数，九月九日这天，日月并阳，两九相重，故而叫重阳，也叫重九。古人认为这是个值得庆贺的吉利日子，从很早就开始过此节日。又因为九九与"久久"同音，九在单个的数字中又是最大数，有了长久长寿的意思。而秋季也是一年之中收获的黄金季节。所以，九月九日这一天被赋予了很多含义。

重阳节，菊花绽放，赏菊成了文人们的必备节目。

菊花在古代跟松、竹、梅一样，成了一种精神的象征，备受文人们的喜爱。一是因为菊花颜色鲜艳，不掺杂其他颜色，令人赏心悦目。二是因为菊花被两个著名文人大肆赞美过。屈原在遭谗言而被放逐后，写了《楚辞》以寄托理想，里面提到"春兰兮秋菊，长无绝兮终古"，表明其洁身自好、永不同流合污的节操，"兰菊"从此就成为崇高气节的象征。陶渊明更是将菊花视为知己，那句"采菊东篱下，悠然见南山"已成为历代文人的生活理想。职场险恶，身心俱疲，需要陶渊明式的生活来弥补现实的缺憾。即使无法立即得到闲适的生活，偶然赏赏菊花，也能暂时抚慰心中的忧伤。当人在到处碰钉子的时候，总想着找个跟自己一样处境的人来倾诉、印证，而屈原与陶渊明的经历正是很多文人的经历。他们钟爱的菊花，也就成了大家追捧的对象。

三是菊花渐渐成了一种气节的象征。菊花也叫贞花，成为忠贞节操的象征。在严寒中绽放最美的自己，好比在国家危亡之时挺身而出的那些勇士，这些人铸就了中华民族之魂，备受大家的推崇与爱戴。宋代著名女词人朱淑贞《菊花》云："宁可抱香枝头老，不随黄叶舞秋风。"菊花宁肯贴着枯死的枝头，也决不让风吹落。

不管菊花有没有象征意义，它都能给人带来快乐和舒畅。试想一下，推开窗户，端着美酒，看着一片片金灿灿的菊花，心情也会变得更好。白居易在重阳节的宴会上，看着满园金黄色的菊花中间，有一朵白菊，联想起了自己。哎，那白菊不就是年老的我吗？真是岁月如飞刀，刀刀催人老！但是，看着竞相绽放的菊花，他又觉得自己能身处这群活力四射的新菊之中，突然感觉青春又回来了，激情又燃烧了。他依然还是那个少年，没有一丝丝的改变。

于是，便有了《重阳席上赋白菊》：

满园花菊郁金黄，中有孤丛色似霜。
还似今朝歌酒席，白头翁入少年场。

诗人孟浩然在《过故人庄》中说道：

故人具鸡黍，邀我至田家。绿树村边合，青山郭外斜。
开轩面场圃，把酒话桑麻。待到重阳日，还来就菊花。

现在的景色还不够，待到重阳节那天，咱们再重聚，赏菊花，话桑麻。

年少的王维为了参加科举考试，独自一人来到了长安城，适逢重阳佳节，他倍感孤单，亲人们的脸庞在自己的脑海里闪现。去年的重阳节，我们兄弟几个一起佩戴茱萸，登高望远，多么快活啊！唉，此时此刻，他们在山上登高游玩的时候，会不会因为少了一个人而感到失落呢？

想到这里的王维提笔写下了《九月九日忆山东兄弟》：

> 独在异乡为异客，每逢佳节倍思亲。
> 遥知兄弟登高处，遍插茱萸少一人。

天朗气清，爬山登高，锻炼身体。人们会采摘香草插在头上或戴在身上，用来驱除邪气，祈求吉祥。因为茱萸香气浓郁，具有驱虫去湿、明目醒脑、逐风邪、消积食、治寒热等作用，成了人们在重阳节最喜欢佩戴的香草。

除了药用价值，茱萸还有驱邪的传说。在南朝文学家吴均创作的志怪小说集——《续齐谐记》中，就有一则关于茱萸救命的故事。

03 艳遇？你想多了

汝南人桓景跟随费长房学道术。一天，费长房掐指一算，对桓景说："九月九那天，你家将有大灾。"

"啊？请问先生该如何破解？"桓景焦急地问道。

道长给出了破解办法：让桓景家中每人各做一个彩色的袋子，里面装上茱萸，缠在手臂上，然后登上高山，饮用菊花酒。九月九日这一天，桓景带着一家人全体出动，登高望远，躲避灾害。到了傍晚，他们回家一看，吓出一身冷汗。哎呀，家里的鸡犬牛羊全都死了。

从此以后，茱萸辟邪的说法流传得更广了。

人们将茱萸佩戴在手臂上，或者插在头上，也可以做成香囊放在衣服里，好比现在的香水，散发着阵阵清香。在登高的时候，还能驱散沿途的小虫子，一举多得。于是，这样的习俗就渐渐流行起来。

这是外用的，还有内服的。来到高处，望着美景，不喝点小酒怎么行？于是，又有了喝菊花酒的习俗。

菊花酒是药酒，味道微微有点苦，喝了之后，使人明目醒脑，神清气爽，在唐朝被看作是重阳必饮、祛灾祈福的"吉祥酒"。唐朝诗人卢照邻在《九月九日登玄武山》写道：

九月九日眺山川，归心归望积风烟。

他乡共酌金花酒，万里同悲鸿雁天。

重阳节这天，登上高山，眺望远处故乡的河川，我的心已经穿越了那朦朦胧胧的云烟，迫切地想要见到久别的亲人。唉，现在只能在他乡陌生之地，和朋友们喝着菊花酒，伤心地望着飞向南边的大雁。

至于为什么在重阳节这天要登高爬山，也许是古人希望能在活动筋骨的同时，想近距离地看看上天，希望能够和神仙握个手，沾沾仙气以求长寿免灾吧！

即便不在节日里，遇到开心或者伤心的事情，唐朝文人都喜欢趁着好天气，邀上三五好友，去野外踏踏青、旅旅游。

著名诗人白居易考中进士之后，又参加了制举考试，再一次显出考霸风范，顺利通过，出任周至县尉（因为制举难度较大，考中之后被安排在长安附近，算是比较好的地方了）。他的原则是：先认真干完工作再去忙着享受人生，业余休闲时间和朋友纵情山水。

一天，白居易、陈鸿、王质夫三人一起到仙游寺游览。这里距杨贵妃死的地方——马嵬坡只有几十里，三人自然而然就聊起了唐玄宗与杨贵妃的"娱乐八卦"。王质夫鼓动道：小白，作一首诗来纪念下那场风花雪月的事，如何？

好，这个可以有！

命题作文对白居易来说，毛毛雨啦！他立刻挥笔写出了横绝古今的《长恨歌》，曲折婉转，缠绵悱恻，用华丽的辞藻叙述了一个令人动容的爱情故事：

回眸一笑百媚生，六官粉黛无颜色。

春宵苦短日高起，从此君王不早朝。

在天愿作比翼鸟，在地愿为连理枝。
天长地久有时尽，此恨绵绵无绝期。

此诗一出，谁与争锋？

陈鸿一看，写诗我写不过你，我写小说吧！他创作了皇帝与贵妃的"爱情短篇小说（传奇）"——《长恨传》，虽然也不错，但在诗歌为王的唐朝，直接被白居易的《长恨歌》遮住了光芒。到了后世，《长恨传》受到了戏曲家们的喜爱，被改编成各种戏剧和"小说"。北宋乐史的《杨太真外传》、元代白朴《唐明皇秋夜梧桐雨》、清代洪昇《长生殿》的取材或灵感也都来源于这篇"小说"。

白居易等人考中之后开心地游玩，激情地创作。也有文人落榜或考试之后，孤独地散心，忐忑地赋诗。

据传，有一年，一个相貌英俊、文才出众、性格孤僻的年轻人，长途跋涉赶到长安参加了科举考试。之后便是清明时节，踏青之日，他一个人到城南门外郊游散心，不知道考试成绩如何，一路

上心情忐忑不安。来到一户庄园，只见里面鲜花遍地，幽静无人。在这小乡村，还有如此雅致的人家？

　　突然觉得口渴，嘿，不如进去讨点水喝？顺便欣赏一下风景？年轻人走上前去敲门，不一会儿，门开了，一位女子从门缝里问道："谁啊？"天呐！真美！年轻人呆住了，美艳的脸蛋，温柔的声音，灵动的眼睛，犹如一阵夹着花香的微风吹来，好清新！看着女孩绯红的脸，年轻人突然意识到了自己的失礼，赶紧说道："打扰了，我一个人出城春游，感觉口渴，想过来讨点水喝。"

　　"好的，你进来吧！"女子开门让年轻人进去了，自己则去打水。

　　很快，水来了。年轻人一边喝水，一边找话语和姑娘套近乎，可对方只是靠在院内的一棵小桃树旁沉默不语，似笑非笑，忽而扯着衣襟，忽而嗅着花香，时不时瞟一眼喝水的年轻人，却又很快地望向别处。

乡村野外，孤男寡女，年轻书生感觉有点冒犯对方，就起身告辞了。姑娘本想张口，却又背过身去。书生径自出去，又不时地回望。

两人就这样分别了。

此后的一年，书生忙于杂事，无法脱身。转眼之间，到了第二年的清明节，细雨纷纷，他的眼前又出现了那个姑娘，心里仿佛有一根绳子强力地拉着他去那个小庄园。他再也无法控制自己的思念，又来到了去年的地点。可是，庄园还是那个庄园，姑娘却不见了，敲了半天门，也无人回应。唉，脑子里都是她那如桃花般的脸庞，她到底去哪里了呢？搬走了？嫁人了？

失落的年轻人拿起随身携带的毛笔，在门上题下了一首诗：

> 去年今日此门中，人面桃花相映红。
> 人面不知何处去，桃花依旧笑春风。

这就是著名的《题都城南庄》，年轻人的名字叫崔护。

曾经的我，错过了美丽的你，桃花还是去年的桃花，它们的花瓣上都是你那红红的笑脸，而你已不知去向，咱俩天各一方，唉，为什么当时不牢牢地抓住你？

崔护落寞地走了。

这首诗写得太凄美感伤了。所以，唐朝文人孟棨又在《本事诗》里加上了"狗血"的剧情：

后来崔护路过庄园的时候，门打开了，有个脸色憔悴的老头走出来，直接问道："你是崔护吗？"

"正是！"崔护摸着后脑勺，难道我这么出名了吗？

"是你，是你杀了我的女儿！"看着老头将要过来拼命的样子，崔护不自主地后退了几步，这怎么说的？我连只老母鸡都不敢杀，怎么还杀人呢？

老头流着泪自顾自地说道："我女儿自从去年清明以后，就神情恍惚，若有所失。一天，我们陪她出去散心，回到家，她看到了门上题的诗，失魂落魄，这几天竟然因为伤心过度而去世了。我只有这么一个女儿，原本想让她找个可靠的男人，可是，她就这么死了。只因为见到了你，读到了你的诗，却又找不到你的人。她伤心欲绝，唉，不是你害死她的，还能有谁？"

额，额，没想到，她这么中意我！唉，错过了，错过了，我干吗要题诗啊？干吗写得那么好？当时直接提亲该多好！崔护既悲痛又自责，走进屋中，看到了女孩的尸体，顿时泪流满面。他轻轻地托起女孩的头，枕在自己腿上，低头温柔地呼唤："我来看你了，我在这里，我在这里！你知道我有多想你吗？你赶快醒来啊！"

不一会儿，女孩居然睁开了眼睛，流着感动的泪水，奇迹般地复活了。这就是爱情的力量，阎王爷也被感动了。

从此以后，崔护和女孩过起了"没羞没臊"、幸福甜蜜的生活。

这样的剧情符合古人的"爽文"套路，狗血，但好看。事实却并非如此，很多时候，错过了，就永远地错过了。

第八章

一边是茅屋，一边是别墅

（买房忙；装修忙）

01 房子啊，我们也压力山大

考中进士的兴奋心情还没有平复，年轻的白居易就傻眼了，没想到长安城的房价这么贵，微薄的工资连租个离上班地点近一些的房子都费劲，何况是买房呢？他只能跟好朋友元稹、周谅等一起合租在永崇坊的华阳观中，这里除了人烟稀少之外，租金便宜，风景优美。一起读书应试倒是个好地方，但是，上班就痛苦了。

自从凭借优异的成绩通过吏部的"书判拔萃科"考试后，白居易和元稹同时进入秘书省，担任校书郎工作，成为了皇家图书馆的编辑。然后，又在家里的安排下结了婚。既要考虑上班的方便，又要享受夫妻的二人世界，白居易咬咬牙，在长安城外最东边的"偏僻小区"——新昌坊（坊是城镇中街道里巷的通称，类似于现在的社区）租了一个房子，又省吃俭用买了一匹瘦马，作为上班的交通工具。

冬天，雪花纷飞，天还没亮，白居易就起床了。从他家走到上班的大明宫还有很长的一段路，作为新人，万一比领导去得迟，岂不给人留下狂妄自大的印象？哎，洗洗出发吧！闪着微弱亮光的灯笼照着打滑结冰的泥土路，时不时还能听见夜晚的更鼓和街边房屋里传出的呼噜声。寒风犹如不听话的小孩，疯狂地刺着白居易的脸，调皮地往他衣服的空隙里钻。好冷！

瘦弱的马还没吃早饭，耍起了小脾气，"汽车"的速度硬是让它走出了病人的脚步，慢慢地，缓缓地，急死人了。大哥，照你这么个走法，我还能按时上班吗？

白居易狠狠地抽了两鞭子，瘦马大哥不情愿地稍稍加快了脚步。唉，原来当年顾大人的调侃不是一时兴起的玩笑，而是刻骨铭心的事实啊！几年前来到京城行卷的往事浮现在了白居易的眼前。

当年，意气风发的他带着诗歌来到长安，向朝廷著作郎（负责编修国史）顾况"行卷"。顾况看到诗稿上"白居易"三个字，联想到连年战争到处饥荒，长安城米价、物价飞涨，大家过得都不容易，调侃道："长安米贵，居住不容易啊！"小伙子，在大城市买房安居，不容易的！

顾况觉得作者的名字挺有意思，就顺着纸张多看了一眼，结果再也没能忘掉诗歌的"容颜"，急切地想要和小白相见。因为诗歌集的第一篇就是《赋得古原草送别》：

离离原上草，一岁一枯荣。野火烧不尽，春风吹又生。
远芳侵古道，晴翠接荒城。又送王孙去，萋萋满别情。

唐朝诗人们在"行卷"之前，特别注意第一篇诗歌或者文章的安排，在仔细对比、深思熟虑之后，把自己或别人认为最好的作品放在最前面。别人展开卷轴（唐朝书籍采用卷轴装，把长条纸张卷起来），马上就能看到，称为卷首。一上来，就得是"王炸"；

一出场，就是"杀手锏"。

《赋得古原草送别》通俗易懂却不粗陋平庸，内容浅显却又饱含深情，就像一碗顶级阳春面，看似只有面条和葱花，一口下去，永远忘不掉，就是那个味！

顾况亲自迎接了白居易，说道："我以为好诗文就要断绝了，没想到在你这里又读到了。"然后又调侃道："你以后在长安城居住就容易了。"小白的才华绝对可以当饭吃，在京城买房落户不是梦！

顾况既是地位显赫的大臣，又是名震长安的诗人、画家、鉴赏家。他的称赞，让京城大门打开！白居易迅速晋升为京城"一线明星"。在接下来的科举考试中，二十七岁的他就考中了进士。

但是，在残酷的现实面前，白居易发现，长安城的确很大，也的确居住不易，白瞎了他这好名字！

想到这些，他将上班的所见所闻所思都写在了《初授赞善大夫早朝，寄李二十助教》之中：

> 病身初谒青宫日，衰貌新垂白发年。
> 寂寞曹司非热地，萧条风雪是寒天。
> 远坊早起常侵鼓，瘦马行迟苦费鞭。
> 一种共君官职冷，不如犹得日高眠。

迎着风，继续走，终于可以看到雄伟的大明宫了。每天上班比上山还累，身体仿佛被掏空。来到上班地点，战战兢兢地等着领导，身体冻得直打哆嗦，他又下意识地摸了摸胡须，哎呀，结冰了。这时，他又想起了正在仙游谷隐居的朋友陈山人，羡慕，嫉妒，恨！此时此刻，那家伙肯定还在被窝里睡大觉吧！后面的情景完全想象得出来：一直到太阳晒屁股的时候，那家伙伸个懒腰，打个哈欠，早餐午餐一块吃，饭后散步吟首诗。唉，他可真爽！晚上写封信给他，吐个槽，发个牢骚，于是便有了《早朝贺雪寄陈山人》：

> 长安盈尺雪，早朝贺君喜。将赴银台门，始出新昌里。
> 上堤马蹄滑，中路蜡烛死。十里向北行，寒风吹破耳。
> 待漏五门外，候对三殿里。须鬓冻生冰，衣裳冷如水。
> 忽思仙游谷，暗谢陈居士。暖覆褐裘眠，日高应未起。

嘿，要是能住在大明宫附近该多好？赚钱，升职，拼命工作往上爬。工资提高了，也许就能在附近租个房了，兴许攒点钱，还能买个"一室一厅"。结果，努力了十多年，白居易也没能在"市中心"买到房子，只能去长安以东的渭南县买了一处住宅，过起了异地上班的生活。不过，好歹也算是有房一族了。

唐朝官员的工资不高，能租得起优势地段房子的人并不多，大部分人在长安城的偏僻地方"蜗居"着。比如，杜甫当年来到长安，连房子都租不起，只能将家人寄居在离长安东北将近三百里的奉先县（今陕西蒲城）的"公租房（县署公舍）"里，自己到处蹭朋友家的房子暂住。

直到四十四岁的时候，杜甫才好不容易求到一个右卫率府兵曹参军的职务，但是工资微薄，别说买房了，养家糊口都困难。听到好朋友严武出任剑南节度使（唐朝在今四川中部设立的节度使，天宝年间十大节度使之一，治所现在的四川成都），杜甫赶紧辞职，投奔老严！

严武很讲义气，力荐杜甫担任节度使参谋，还挂了个虚职检校工部员外郎（非领导职务，提高职级），人称"杜工部"。在土豪朋友的帮助下，杜甫终于买了地，建了房，在成都浣花溪畔，打造了一座"高端"草房子，世称"杜甫草堂"，也称"浣花草堂"。虽然本质上还是茅草房子，时不时漏点雨，刮点风，"八月秋高风怒号，卷我屋上三重茅"。但咱也可以高高兴兴脱离房奴了！

韩愈做过吏部侍郎，工资待遇还不错，又善于通过写墓志铭赚钱。他积攒了几十年的积蓄之后，才在长安城靖安里买了一座小宅院，从他的诗歌《示儿》中来看，屋子算不上特别豪华。

始我来京师，止携一束书。

辛勤三十年，以有此屋庐。

此屋岂为华，于我自有余。

中堂高且新，四时登牢蔬。

前荣馔宾亲，冠婚之所于。

庭内无所有，高树八九株。

有藤娄络之，春华夏阴敷。

东堂坐见山，云风相吹嘘。

松果连南亭，外有瓜芋区。

西偏屋不多，槐榆翳空虚。

山鸟旦夕鸣，有类涧谷居。

辛辛苦苦三十年，才攒够买房钱，虽然不是什么豪华别墅，但对我这样的人来说，够用就好！在房子的空地处，还能见缝插针地种点小菜。院子外面还有一片地，自给自足，蔬果管够。小院子里还有几棵大树，夏天的时候，躺在树下，还能睡个午觉。坐在东边的房间里，能看到远处的山峦和云雾，时不时传来鸟叫的声音。虽不是豪门大院，却也是妥妥的山景房。

出身寒门的古文运动领袖，朝廷官员，时不时还兼职赚外快，才能买得起长安市中心的房子。那些名气和官职都稍低的文人呢？

诗人张籍出身寒门，在韩愈的推荐下，考中了进士，只得了太常寺太祝（人家在祭祀的时候，他负责跪读祭祀用的文章，有点像教堂里的领唱）的小职位，多年无法升职，工资少得可怜，还患上了严重的眼病。一时间，贫病交加，悲摧落泪。从诗歌《酬韩祭酒雨中见寄》《酬韩庶子》来看，他住的地方，条件也是极其简陋的。

酬韩祭酒雨中见寄

雨中愁不出，阴黑尽连宵。屋湿唯添漏，泥深未放朝。

无刍怜马瘦，少食信儿娇。闻道韩夫子，还同此寂寥。

酬韩庶子

西街幽僻处，正与懒相宜。寻寺独行远，借书常送迟。
家贫无易事，身病足闲时。寂寞谁相问，只应君自知。

因为住的地点很偏僻，平常借个书都不方便。房屋阴冷潮湿，时不时还漏点雨。没有多余的草给马吃，瘦弱的老马抗议了，上班的途中踩着泥浆路，深一脚浅一脚。唉，你老人家就不要抱怨了，我自己也吃不饱啊！

跟卢纶同时期、又是表兄弟的诗人司空曙虽然进士出身，但不善于逢迎拍马，一直担任基层小官吏，又没条件"拼爹"，日子过得"农夫野外有点苦"。只能住在荒郊偏僻之处，四周没有邻居，寂静的夜晚，可怕的山风，下起了冷冷的雨，黄叶子从树上飘落。微弱的灯光下，已经白了头的司空曙正在看书，肚子却饿得咕咕叫。忽然，表兄弟卢纶来访，他喜出望外。老卢在官场混得不错，会不会推荐我呢？

喜外弟卢纶见宿

静夜四无邻，荒居旧业贫。雨中黄叶树，灯下白头人。
以我独沉久，愧君相见频。平生自有分，况是蔡家亲。

有身份的文人都如此落魄，那些没有考中科举而进入体制内的底层非著名文人呢？他们如果到长安城行卷干谒，既没官职，又没朋友，更没钱财，租不起房子，到哪里住呢？

唐朝的寺庙基本都拥有大片的土地，即使不用来开发房地产，租给农民也能坐收钱粮，多几个贫困的读书人吃饭住宿算不上什么，普度众生从这里开始。而且寺庙好比图书馆，藏书丰富，很多僧人也挺有学问，遇到问题，相互切磋，读书人请老师的费用也免掉了。贾岛曾经跟随老师韩愈前往长安，暂住青龙寺，结识了朱庆馀等一批诗歌达人。

但是，需求强烈，生产却跟不上。来蹭吃蹭喝的人越来越多，挤占了和尚们的生存空间，引起了出家人的公愤。尤其是"安史之乱"以后，人烟稀少，田地荒芜，寺庙里也没有余粮啊！老有人赖在这里不走，我们的肚子就要空空如也，还怎么普度众生？

很多文人只能睡山林、住桥洞，还有干脆直接出家，加入和尚阵营，睡在寺庙里。

普通人即便赚了钱，你也无法买豪宅大院。唐朝法律规定，普通人家每3口人给一亩宅基地，"贱民"每5口人一亩地。如果多占，就会受到惩罚。但是，这样的规定并不是适用于权贵阶层和名门望族。豪门的快乐，我们想象不到。

02　豪门的快乐，我们想象不到

大家都羡慕王维洒脱悠闲的生活，钦佩他豁达轻松的态度，可是，人家的超脱是建立在不用劳动、不愁吃喝基础上的。王维的爷爷是宫廷乐师，弹琴高手，老爸做过官，母亲出身博陵崔氏家族。崔氏乃隋唐时代大名鼎鼎的豪门，光是唐朝宰相就有十几个出自他家，何况是其他的高官呢？

所以，王维不差钱！

要论唐朝别墅哪家强？王维的辋川别业绝对是每个文人心中的理想。

在经历过宦海沉浮、亲人离世的痛苦经历之后，王维试图从佛教与隐居中寻求解脱。良好的家庭背景让不那么缺钱的他，过起了半官半隐的生活，工作之外不接受俗人的打扰。自从唐玄宗时代最后一个开明宰相张九龄被李林甫排挤罢官以后，朝廷乌烟瘴气，玄宗沉醉于美色。王维心灰意冷，随时就走，请个假，回趟家，在他的大别墅——辋川别业里吃斋念佛，纵情山水，自得其乐。

别墅就是风景，闲来没事，出去逛逛。一会儿，沿着河水去寻找它的源头，一会儿坐在山顶看云雾的变化。细雨蒙蒙，洗净了小草的灰尘；桃花朵朵，绽放出如火的热情。偶尔也会碰到得道高僧，乡村父老，打个招呼，聊上闲天，喝喝茶，品品酒。不

知不觉，忘记了回家。

终南别业

中岁颇好道，晚家南山陲。兴来每独往，胜事空自知。

行到水穷处，坐看云起时。偶然值林叟，谈笑无还期。

辋川别业

不到东山向一年，归来才及种春田。

雨中草色绿堪染，水上桃花红欲然。

优娄比丘经论学，伛偻丈人乡里贤。

披衣倒屣且相见，相欢语笑衡门前。

在这两首诗里，王维拼命晒幸福，还有点凡尔赛式的小小炫耀。唉，这栋别墅好是好，缺点就是太大了，大得我都不知道怎么回家了。

辋川地处唐长安附近的蓝田县内，是终南山东北边的有名风景区。这里有几条河水汇合交融，从高处看，形状犹如车的轮毂，所以叫辋川。第一次来到这里的王维，被眼前的景色惊呆了，这不就是我想要的隐居之地吗？大诗人宋之问曾经在辋川建造了辋川山庄，现在他的后世子孙正打算出售，心动不如行动，买！钱不是问题！

王维砸下巨资，买下了这座有名的别墅，然后大手笔地进行改造。别墅内外，山势起伏，景点众多，据说有名的就有二十处。

别墅建成之后，他邀请好朋友裴迪一边游览，一边赏景，各自用二十首诗歌记下了这些绝世美景。王维将这些诗编成了《辋川集》，在序言中写道：

余别业在辋川山谷，其游止有孟城坳、华子冈、文杏馆、斤竹岭、鹿柴、木兰柴、茱萸泮、宫槐陌、临湖亭、南垞、欹湖、柳浪、栾家濑、金屑泉、白石滩、北垞、竹里馆、辛夷坞、漆园、椒园等，与裴迪闲暇，各赋绝句云尔。

让我们挑选其中的几首诗歌，跟随土豪诗人王维一起去看看他的大别墅到底有多豪横！

文杏馆
文杏裁为梁，香茅结为宇。不知栋里云，去作人间雨。

文杏馆是一处人工打造的建筑物，用名贵的银杏树木作为支撑房顶的横梁，用香茅草搭建房子的屋檐和屋顶，这样的建筑材料，普通人家怎么用得起？坐在这里，时不时可以看见山野中仙气飘飘，云雾缭绕，瞬间又化作了雨水，落入了凡尘。

平常人家能用得起便宜的杉木和稻草来做房子就算不错了，哪里还有这般讲究和闲情逸致？而这里只是王维一个不起眼的小小书房，他还有弹奏乐器用的"琴房"——竹里馆。

这里茂林修竹，四处散发着竹子的清香，晚上柔和的月光铺洒在窗户上、地板上，一个人在这里边弹琴，边唱歌，绝对不会扰民。因为四周除了诗人，只有竹子。

竹里馆

独坐幽篁里，弹琴复长啸。深林人不知，明月来相照。

竹里馆也是辋川别业里一栋雅致的小房子，王维时不时会来这里弹琴、喝茶、赏景。

走出竹里馆，便来到了一块空旷的平地。这里种了大片辛夷花（又名紫玉兰、望春花），绽放出美丽的颜色，散发着淡淡的清香，静静地等待着主人的欣赏。随着季节的交替，又纷纷飞落成泥碾作尘。

辛夷坞

木末芙蓉花，山中发红萼。涧户寂无人，纷纷开且落。

散步的好去处！

辛夷坞的附近是一片漆园，栽满了漆树。唐朝权贵们的别墅里基本上都有产业，交由管家打理。既有经济作物，也有出租空房，庞大的庄园犹如一个小小的城市，自给自足，自产自销，基本实现"庄内循环"。

来到这里，王维想起了曾经做过漆园吏的庄子。庄子当年拒绝楚王的"招聘"，并不是他很傲慢，只不过有自知之明罢了，他的性格跟我一样，做不了大官，只喜欢自然的风景和安静的环境。身处漆园这个地方，守着几颗漆树，他的精神早就超脱了，还会在乎官位的大小和外面的俗事吗？

漆园

古人非傲吏，自阙经世务。偶寄一微官，婆娑数株树。

除了树木，还有动物。在辋川别业的斤竹岭附近，有一个小庄子，养着许多梅花鹿，因而得名"鹿柴"（"柴"通"寨"）。来到这里，时不时会听到山里人劳作的声音，但是却见不到人。夕阳西下，阳光穿过树枝叶，洒在了绿色的青苔之上，斑驳陆离，仿佛向诗人召唤的无数小手。

鹿柴

空山不见人，但闻人语响。返景入深林，复照青苔上。

树木、动物、花草看多了，也会厌倦，那就选一处白石滩。清澈的滩水里游着快乐的小鱼，嫩绿的蒲草摇摇曳曳，一抓一大把。住在河水两旁的少女，趁着皎洁的月色洗衣服，时不时地还传来犹如铃铛般的笑声。

白石滩

清浅白石滩，绿蒲向堪把。家住水东西，浣纱明月下。

上面几首诗歌只展现了别墅里的小部分美景。身处此地，绝对可以让你沉浸式体验神仙般的生活。这么大的地方，光是扫地的仆人就有十多个，有两个童子专门负责管理并制作扫帚，还常常忙不过来。

别墅大得难以想象，生活美得难以描绘。在这里，王维写诗作画，弹琴作曲，创作了大量"佛系"诗歌。《山居秋暝》就写于此：

空山新雨后，天气晚来秋。明月松间照，清泉石上流。
竹喧归浣女，莲动下渔舟。随意春芳歇，王孙自可留。

普通文人只能眼巴巴地看着，长叹一声，做土豪诗人，真好！然后，依旧该干嘛干嘛，为了一口饭而四处奔波。唐朝大诗人中，能跟王维比一比的，也只有杜牧、柳宗元、贺知章等少数几个豪门富二代了。

年轻的杜牧用《阿房宫赋》震惊天下，上了通榜，以第五名的成绩考中进士。接着他又参加了朝廷举行的制举考试——贤良方正直言极谏科，成功晋级，不用再参加吏部关试，很快被安排到弘文馆担任校书郎（校对书籍）。

一切太顺了，看看杜甫、孟郊、罗隐等人的痛苦经历，为什么杜牧这么顺？并不仅仅因为他的过人才华，还因为他有个爷爷叫杜佑。

杜佑出身赫赫有名的京兆杜氏，这个家族乃关中地区的名门望族。历朝历代，名人辈出。西汉有御史大夫杜周、杜延年，东汉有书法家杜度、学者杜笃，曹魏有名臣杜畿，西晋有军事家杜预，南北朝有名将杜骥、杜掞，隋唐有宰相杜如晦等。在门阀等级制度依旧占据官场"C位"的唐朝，出身好可以少奋斗三十年。

当然，凭关系进入官场的人也未必都是草包，有些人反而受到过更优质更全面的教育。凭借门荫入仕的杜佑学问高深，博通古今，历任唐德宗、顺宗、宪宗三朝高官，还用毕生时间撰写了史学名著——《通典》（专门讲典章制度历史）。其中《选举典》的章节专门对科举制度与选人用人提出了具体要求，科举考试实施细则都是他制定的，孙子杜牧的应试技巧自然不在话下。

爷爷和父亲都是学识渊博的高干子弟，他们家在长安城市中心的黄金位置——朱雀大街安仁坊拥有顶级豪宅。杜牧曾经自豪地写诗描述他的家："旧第开朱门，长安城中央。"民间也流传着俗语："城南韦杜，去天尺五。"他们家富得流油，离上天神仙的距离也不过五六尺了。

除了市中心的"大平层"，杜家在郊外还有大宅院——樊川别墅。樊川自古就是顶级富人区，汉朝开国皇帝刘邦将这里封给大将樊哙之后，才有了新的名字——樊川。因为此地风景秀丽，背山面水，从汉朝开始，一直到唐朝，很多达官贵人在这里买地皮、建庄园，尤其杜氏、韦氏两大家族更是世世代代扎根樊川，形成了两大集权力、金钱、地位、学问于一体的名门望族。

小时候的杜牧，常常跟随家人来到樊川别墅，避暑休闲。晚年时期，疲于工作和应酬的他干脆一掷千金，重新装修祖先留下的樊川别墅，在里面饮酒唱歌，好不快活。

与杜牧同样出身的，还有"唐宋八大家"之一的柳宗元。他的祖籍是河东郡，河东柳氏与河东薛氏、河东裴氏并称"河东三著姓"，祖上世代为官，在当地属于名门望族。柳宗元的父亲担任过侍御史等职，他的母亲卢氏出身于顶级豪门——范阳卢氏。

在京城长安出生并长大的柳宗元一直跟着母亲在自家的京西大庄园里生活。后来，京城发生战乱（建中之乱），母亲带着他投奔在外做官的父亲——柳镇。

柳宗元在京城市中心就有大庄园，更不用提其他地方的豪宅了。所以，比起韩愈喜欢呐喊鸣不平，他更喜欢旅游赏美景。两个人的身家不一样，需求不一样，关注的重点自然也不一样。韩愈奋斗了一辈子的"三居室"，柳宗元刚出生的时候，就拥有了。

除了豪门后代，高官权贵们也拥有大量别墅。

曾经从杀手底下逃过一劫的宰相裴度看透了官场的是是非非，晚年主动辞去重要职务，回到洛阳打造了一栋超级大豪宅。这里有山有池，有亭有阁，有桥有水，前前后后种植了上万棵奇花异草，名贵树木，精美的房屋在一片绿色之中若隐若现，因而称之为绿野堂。在这里，裴度与白居易、刘禹锡、元稹等著名文人饮酒聊天，吟诗作赋，准备潇洒地度过余生。

可是，没住多长时间，他又被皇帝召回长安。在京城，他也有私家别墅——兴化园。

诗人贾岛还曾写过一首讽刺诗——《题兴化园亭》："破却千家作一池，不栽桃李种蔷薇。蔷薇花落秋风起，荆棘满庭君始知。"你强拆千家万户，就为了造个破池子，不栽果树而栽那些中看不中用的蔷薇。等到秋风一吹，院子里就剩下带刺的枝丫了（蔷薇带刺的枝条），你根本就不会选择，不会辨别谁好谁坏。

裴度看到这首诗，估计会很无奈，我堂堂一个宰相，盖个房子还要你和尚管？我强拆很多人家了吗？我在自己的院子种什么，还得向你报告？不种蔷薇难道种青菜、种冬瓜？

作为宰相，裴度辅佐唐宪宗实现了"元和中兴"，举荐过一大批文臣武将，如李德裕、韩愈、李光颜、李愬、刘禹锡等人，成为众多文人心目中的伯乐与偶像，官声还算不错的。相比较杨国忠这样奢靡浪费、不干实事、专门害人的官员，裴度已经很了不起了。豪宅生活是唐朝文人们心中的梦想，只不过大多数人没条件实现而已。

白居易在晚年的时候，用长期积累的银子在洛阳城买下一座"独栋别墅"，据《池上篇》描述："十亩之宅，五亩之园，有水一池，有竹千竿。"面积八九千平方米，有园林，有池塘，还有千竿翠竹。

他在这里扩建，装修，点缀，种植，绿化，修剪，忙得不亦乐乎。槐树、梧桐、枣树、杨柳、桃李、杏梨、牡丹、月季，种得满园春色。池塘水波荡漾，奇石不同寻常。在私家别院里，听小鸟歌唱，看仙鹤飞舞。水面落花缓缓流，水底鱼儿慢慢游，教我如何不想她？白居易诗歌里提到姓名的美人就有十几个，最出名的是小蛮和樊素。老白还特意为她们作过诗："樱桃樊素口，杨柳小蛮腰。"啊呀，素素那个樱桃小口啊，小蛮那个完美身材啊。

可是，热情挡不住身体的衰老。自从得了半身麻痹症，白居易就凑钱给樊素和小蛮做嫁妆，让她们去嫁人，后半生有个依靠。自从两人走后，多情种子白居易眼泪哗哗地流，时不时想起她们相伴左右的快乐时光。

春尽日宴罢，感事独吟
五年三月今朝尽，客散筵空独掩扉。
病共乐天相伴住，春随樊子一时归。
闲听莺语移时立，思逐杨花触处飞。
金带缍腰衫委地，年年衰瘦不胜衣。

小鸟，杨花，园林，到处都有她们的影子，现在只剩我一个老头子，思念是最好的减肥药，让我的身材轻飘飘，以前衣服显得大，现在面容显得老……

同在东都洛阳，牛李党争的"带头大哥"——牛增孺、李德裕都在这里建了超级豪宅。牛增孺的归仁园，里面有从各地运来的奇石良木。李德裕的平泉山庄方圆十余里，为了能够在休闲时候享受极致奢华，他亲自参与了别墅的选址、设计、建造等各个环节。据说选了很长时间，才发现了洛阳城外的一块宝地，看到了就不能错过，没说的，直接砸钱！

然后开始设计、建造、装修。

他将别墅划分为五个片区：第一个片区——花海。种植牡丹、芍药、梅、兰、菊等各种鲜花，风吹花浪，个顶个的香。第二片区——奇石。搜集天下有名的太湖石、河洛石、黄山石、灵璧石等，沿途布景，转角遇到石。第三个片区——茶园。将四川、云南、福建的名茶树直接移植过来，明前明后，品一壶好茶。第四个片区——森林。运来樟、楠、梓、桐、松、柏等天下名树，混搭组合，造一片树林。第五个片区——主宅。上房、厅堂、侧房、耳房、茅房、厨房，应有尽有，大得无法单独遛。

李德裕还在别墅里建起堤坝，挡住水流，营造人工瀑布，然后沿着水势流向，建立亭台楼阁，用小桥木廊相连，营造出了鸣皋山、瀑泉亭、双碧潭、垂钓台、丛竹幽径、醒酒石等景点，随时在私家别墅中聆听世界级山水的声音。

据说院子里还有两块"镇庄之宝"——睡眠石（颜色浅黄，冬暖夏凉）、醒酒石（浑身赤乌，清凉似水）。每到牡丹盛开的时节，与一帮朋友喝醉酒的李德裕就会躺在醒酒石上，顿时感觉晶晶亮，透心凉。酒气散去，闻着花香，酣然入睡。

同住洛阳的白居易看到这座大豪宅，不免有点失落，人与人的差距，咋就这么大呢？在平泉山庄面前，我的小宅子不值一提。既然我不能住，进去玩玩总可以吧？你家的美景就是我的美景，你家的美酒就是我的美酒，老李，你在朝堂上玩命地工作，我在你家尽情地赏景。跟李德裕关系不错的白居易常常跑到平泉山居"一日游"，玩到吃饭时间，看你们可好意思不给我安排一顿饭？

白居易曾提笔写下过"一日游"的感受：

醉游平泉

狂歌箕踞酒尊前，眼不看人面向天。

洛客最闲唯有我，一年四度游平泉。

冬日平泉路晚归

山路难行日易斜，烟村霜树欲栖鸦。

夜归不到应闲事，热饮三杯即是家。

李德裕估计心想：我平时忙于工作，真正在山庄里的时间加起来还不到一年，你倒好，天天来赏景蹭饭，你比我还会当主人！我费尽心血造别墅，你悠闲自在来享受，我找谁诉苦去？

如果贫穷限制了我们的想象，那么，还有一个人则限定了我们的思维。

唐中宗李显和韦皇后最小的女儿安乐公主——李裹儿，从小娇生惯养，要啥有啥，挥霍无度。为了打造自己的豪宅，她曾经向父皇撒娇，请求把京城里的昆明池赏给她做私家湖。

昆明池是汉武帝时期挖凿的人工湖，本用来练习水战的，后来成为皇帝乘舟游玩的专用场所。唐中宗无语了。女儿啊，你也不能挑战皇帝的权威吧？我要把祖宗留下来的昆明池都给你了，我还有脸去见列祖列宗吗？中宗直接拒绝了："先帝从未将它给过别人！"

哼，你不给，我还不稀罕要了！我自己挖一个更大更深的。安乐公主砸下巨资，挖出了一个更大的"定昆池"。吃定你的昆明池，哼！建好别墅以后，安乐公主又请来"顶级设计师"——赵履石为她专门装修。在院子里打造了微缩版华山，等比模仿。石阶石桥，纵横交错，溪水九折回旋，喷泉从石而出。为了更加逼真，她还命人在石头上刻上了飞禽走兽。从此以后，不用出门，也能赏"华山"奇景。

唐朝并不是我们想象中得那么美好，其实，那时的贫富差距特别大。穷的人家"八月秋高风怒号，卷我屋上三重茅"；富的人家"长桥卧波，未云何龙？复道行空，不霁何虹"；普通人忙着从微薄的薪水挤出一点，攒钱买房；土豪们忙着从现有的宅院中拓宽一些，砸钱装修。

都是忙，忙的方向和效果完全不一样。

簏柏
文化
LuBai Culture